Presents

PRESENTS
by Mitsuyo Kakuta, Taiko Matsuo

Copyright ⓒ 2005 by Mitsuyo Kakuta, Taiko Matsuo
All rights reserved.
First published in Japan in 2005 by FUTABASHA PUBLISHERS CO., LTD., Tokyo.
Korean translation rights arranged with FUTABASHA PUBLISHERS CO., LTD.
through Tony International.

Korean translation copyright ⓒ 2006 by Munhakdongne Publishing Corp.

이 책의 한국어판 저작권은 토니 인터내셔널을 통해
FUTABASHA PUBLISHERS CO., LTD.와 독점 계약한 (주)문학동네에 있습니다.
저작권법에 의해 한국 내에서 보호를 받는 저작물이므로
무단 전재와 무단 복제를 금합니다.

이 도서의 국립중앙도서관 출판시도서목록(CIP)은
e-CIP홈페이지(http://www.nl.go.kr/cip.php)에서 이용하실 수 있습니다.
(CIP제어번호 : CIP2006002396)

프레젠트
Presents

가쿠타 미쓰요 지음 | 마쓰오 다이코 그림 | 양수현 옮김

문학동네

차례

Presents #1

이름

'나의 이름' 이라는 주제로 작문을 해오라는 숙제가 있었다. 열 살 아니면 열한 살 때였을 것이다.

 집으로 돌아가 내 이름의 뜻에 대해 물어보자 엄마는, 네가 태어났던 게 봄이었으니까 봄 춘(春)자에 아들 자(子)자를 써서 '하루코(春子)'라고 지은 거란다, 라고 정말 맥빠지는 대답을 해주었다. 그 때문에 나는 원래부터 별로 맘에 들지 않았던 이름이 더욱 싫어졌다.

 밋밋하고, 꼭 할머니 같은 느낌이다. 하루코라는 글자를 읽을 때도 소리를 들을 때도, 나는 나 자신이 너무도 평범한 아이로 느껴졌다. 평범하고 따분한 미래가 나를 기다리

고 있을 것만 같았다. '봄이니까 하루코'라는 단순한 이유
도 그런 기분에 한몫했다.

지금처럼 참신한 이름들이 거의 없던 시절이어서, 반 친
구들 중에도 나같이 수수한 이름을 가진 애들이 많았다. 요
시에, 미쓰코, 노리코, 히사에. 그리고 몇 명은 특이하고 예
쁜 이름도 있었다. 에리카, 리리코, 루나, 나쓰미.

그때 내가 작문에 어떤 내용을 썼는지는 잘 기억이 나지
않는다. 기억나는 것은 히사에(比佐江)라는, 나와 다를 바
없는 촌스러운 이름을 가진 아이의 작문이다.

히사에의 '히(比)'에는 '친하게 지내다'라는 뜻이 있습
니다. '사(佐)'에는 '돕다'라는 뜻이 있고, '에(江)'는 '크
고 긴 강'이라는 뜻이 있습니다. 아버지와 어머니는 천천히
흘러가는 강물처럼 다른 사람을 돕고 받쳐주는 친절하고
착한 사람이 되라는 뜻에서 이런 이름을 지어주셨습니다.

나는 그애가 읽는 작문을 듣고 어안이 벙벙해졌다. 그렇
게 깊은 뜻이 있는 이름이었다니.

히로유키(洋行)의 작문도 놀라웠다. 아버지와 어머니는
신혼여행 때 간 하와이에서 바다를 바라보며 언젠가 자식

이 태어나면 바다라는 뜻의 양(洋)자를 넣어 이름을 짓기로 마음을 먹었고, 하와이처럼 아름답고 넓은 바다로 나아갈 수 있는 아이가 되라는 바람을 담아 히로유키라는 저의 이름을 지었다, 라는 내용이었다. 여자아이들 치마를 들치는 게 취미인 빡빡머리 녀석의 이름에 그런 로맨틱한 의미가 있었다니. 나는 더욱 충격을 받았다.

거기 비해 나는 어떤가. 봄이라서 하루코. 아무것도 생각하지 않은 티가 팍팍 나는 머리 나빠 보이는 이름. 검은 개한테 '구로(黑)'라는 이름을 붙이는 거랑 별다를 게 없잖아?

하루코라는 이름 따위는 버려버리겠다고 나는 결심했다. 그리고 몰래 공책 뒤에 새로운 이름을 적어보았다.

하루나(春菜), 하루미(春海), 하루카(春香), 하루에(春枝). 얼마나 예쁜가. '봄'과 '바다'라는 글자가 마음에 든 나는 친구들에게 이렇게 말했다. 오늘부터 나는 하루미(春海)가 될 거야. 편지를 쓸 때는 받는 사람 이름에 꼭 '봄의 바다'라고 써줘.

하지만 나는 하루코였다. 어떻게 하든 하루코였다. 하루코인 채로 사춘기를 맞았고, 하루코인 채로 어른이 되었다. 밋밋하고, 단순하고, 따분한 어른이 되었다.

결혼을 한 것은 서른한 살 때였다.

그전에 두 번 정도 연애를 했다. 첫번째는 대학생 때였다. 상대는 가미자키 류지(神崎龍二)라는 이름의 동기생으로, 대학교 2학년 때부터 사 년간 사귀었다. 류지라는 이름을 마음속으로 읊조려볼 때마다 나는 황홀했다. 류(龍)라는 글자가 너무도 로맨틱하게 느껴졌다. 하지만 우리들의 연애는 로맨틱이란 단어와는 거리가 멀었다. 가미자키류지는 나랑 사귀는 중에도 항상 양다리를 걸치고 있었다. 때문에 스무 살 전후의 나는 필사적으로 다른 여자의 흔적을 쫓아다녔다. 사 년 내내 증거를 뒤지고, 상대를 추궁하고, 류지에게 따지고, 울고불고 하기를 반복했다. 헤어질 때는 나와 가미자키 류지 둘 다 지칠 대로 지쳐 있었다. 나는 여전히 그를 좋아했지만, 헤어지게 되어서 오히려 다행이라는 생각도 들었다. 이제 더이상 그를 좋아하지 않아도 된다고 생각하니 이상하게 마음이 놓였다.

다시 애인이 생긴 것은 스물다섯 살 때였다. 이전과 같은 실수는 하지 않겠다고 나는 마음속으로 다짐했다. 직장에서 알게 된 그는 소박하고 온화한 성격에 바람 같은 건 절대 피우지 않을 것 같은 사람이었다. 마키하라 다이지(牧原大地)라는 이름이었다. 그와는 분명 안정된 연애를 할 수 있었음에도 불구하고, 정신을 차리고 보니 이번에는 내가 마키하라 다이지의 눈을 피해 바람을 피우고 있었다. 지금 생각해보면 나는 그런 식으로 가미자키 류지에게 복수를 하고 싶었던 건지도 모르겠다. 절대 들키지 않을 자신이 있었는데, 스물일곱 살 때 결국 마키하라 다이지에게 차이고 말았다. 이제 지쳤어. 그는 이렇게 말했다.

　그리고 서른이 되기 직전에 지금의 남편을 만났다.

　남편은 류지 같지도, 다이지 같지도 않았다. 겉으로는 허술해 보여도 알고 보면 착실하고, 또 어떻게 보면 미덥잖은 면도 있고, 정말로 어떤 사람인지 알기까지는 사귀고 나서도 한참의 시간이 걸렸다.

　남편의 이름도 나에게 지지 않을 정도로 평범한 '노리오(典夫)'였다. 사귀고 얼마 되지 않았을 때, 이름의 유래가 뭐냐고 물어본 적이 있었다.

남편의 아버지는 '노리유키', 할아버지는 '노리시게', 즉 남편의 집안에서는 대대로 남자에게 '노리(典)' 자를 붙이는 모양이었다. 나는 나만큼이나 간단한 그 유래에 웃고 말았다. 이 사람과 결혼해도 괜찮겠다고 생각한 것은 아마 그때였던 것 같다. 왠지 모르게 서로 잘 맞을 것 같다고 느꼈던 것이다. 이름이, 아니 그보다 그 이름이 표현하고 있는 우리들의 평범함이.

우리는 시내까지 나오는 데 전철로 삼십 분이나 걸리는 동네에 살고 있다. 평일은 함께 만원 전철을 타고 회사에 갔다가, 둘 다 집에 돌아오는 건 보통 저녁 여덟시. 저녁식사를 하고 열한시에는 잠자리에 든다. 주말은 대개 근처에 장을 보러 가거나 근처 공원에서 쉬거나, 아니면 집에서 아무것도 하지 않고 보낼 때가 많다.

우리 둘 사이에 제삼자가 끼어들 기미는 없다. 남편이 바람을 피우는 것 같진 않고, 나 또한 남편 이외의 사람과 가까워지고 싶었던 적이 없다. 우리들은 단둘이서 하루하루를 보내고 있다.

그러던 중 깨달은 것이 있다. 나는 남편이 정말로 어떤 사람인지 아직 잘 모르지만(그리고 아마 남편도 내가 정말로 어떤 인간인지 모르고 있겠지만), 우리들은 둘 다 귀찮은 것을 싫어했다. 다른 애인을 만들거나 거짓말을 꾸며대는 건 성격에 맞지 않는 것이다. 우리 둘의 생활을 맺어주는 것이 있다면, 그것은 사랑이라기보다 귀찮음이다. 그러나 그건 결코 슬픈 것이 아니라 오히려 안심할 만한 일이었다. 류지와의 연애도 다이지와의 연애도, 나에게는 사이즈가 너무 작거나 큰 구두 같은 것이었으니까.

커다란 평범함, 커다란 따분함.

맑은 일요일날 빨래를 널다가 문득 그런 말이 떠올랐다.

정말로 우리들의 생활은 커다란 평범함과 커다란 따분함으로 이루어져 있다.

이름은 그 사람을 표현하는 것이라는 말이 있는데, 정말 그렇다고 나는 종종 감탄하곤 한다. 만약 내가 하루미라는 이름이었다면 지금과는 다른 나날을 보내고 있을지도 모른다. 이름 같은 건 단순한 기호에 불과한데도, 그 이름이 소유자의 인생을 이끌어주는 듯한 기분이 들 때도 있다.

결혼하고 일 년이 지나 아기가 생겼다. 이것 또한 이르지도 늦지도 않은 지극히 평범한 타이밍이다. 지금은 오 개월째고, 내 배도 조금씩 커져가고 있다. 밤에 침대 속에서 잠을 청하면서 나와 남편은 아이의 이름을 고민해보곤 한다.

어렸을 때 내 평범한 이름이 싫었던 나는 아이에게 조금이라도 특별한 이름을 붙여주고 싶었다. 하지만 남편은 평범한 사람한테 도야(闘也)나 아쿠아(亞久亞), 가제루(賀是留), 기사라(希沙羅)같이 무시무시한 이름이 붙어 있으면 그것도 부끄럽지 않겠냐고, 다로(太郎)나 하나코(花子) 정도가 어떻겠냐는 극단론을 내놓는다. 무슨 말을 하고 싶은지는 알겠지만, 다로 하나코는 너무 심하지 않나?

우리들은 매일 밤마다 이름 책을 뒤적이면서, 이것도 별로야, 저것도 별로야 하고 잠이 올 때까지 이야기를 나눈다. 심지어는 싸울 때도 있다. 둘만 있을 때는 싸우는 것조차도 귀찮았었는데.

엄마가 임산부용 복대와 함께 낡은 인명사전을 보내온 것은, 임신 육 개월째로 접어들었을 때였다.

표지가 누렇게 바랜 인명사전은 펼치자마자 페이지가 떨어져 흩어질 정도로 오래된 책이었다. 요새 나오는 것과 달리 실려 있는 이름들도 요코니 유미코니 하는 무난한 것들뿐이다. 그것을 이리저리 뒤적여보다가 나는 한 가지 사실을 깨달았다. '하루'로 시작하는 이름들마다 연필로 동그라미와 삼각형이 쳐져 있는 것이었다. 하루에(春枝), 하루노(春乃), 하루키(春樹), 하루오(春夫), 하루시게(春繁), 하루미(春美). 그리고 하루코라고 인쇄되어 있는 글자에는, 아주 진한 연필자국으로 동그라미가 몇 개나 그려져 있었다.

나는 상상했다. 젊은 아빠와 엄마가 지금의 나와 남편처럼 이 책을 들여다보며, 이것도 아냐, 저것도 아냐 하고 동그라미와 삼각형을 그려넣고 있는 모습을. 봄에 태어나는 것만은 분명했을 것이다. 아들인지 딸인지는 아직 몰랐을 것이다. 책의 여백에는 획수를 세어본 것인지 초등학생이 쓸 법한 획순이 몇 개나 씌어 있었다.

봄이니까 하루코라고, 엄마는 무뚝뚝하게 대답했었다. 하지만 뭐야, 엄마도 이렇게나 고민했었잖아.

하루코. 여백에 진하게 남아 있는 엄마의 글씨를, 나는 가만히 손가락으로 쓰다듬어보았다.

예정일 삼 일 전에 진통이 왔다. 마침 회사에 나갈 준비를 하고 있던 남편이 택시를 불렀다. 한참 후에 도착한 택시에 남편의 부축을 받아서 올라탔다. 함께 탄 남편은 차 안에서 회사에다 지각할 것 같다는 전화를 했다.

"이름을 아직 못 정했네."

나는 복식호흡을 하면서 남편에게 말했다.

"그런 건 나중에 생각해도 돼."

"나중이라니, 앞으로 적어도 스물네 시간 안에는 정해야 되는데?"

"알았으니까 말하지 말고 가만히 있어."

남편은 온몸을 부들부들 떨면서 떨리는 목소리로 말한다. 나는 남편 몰래 피식 웃어버렸다.

룸미러 아래에 운전기사의 신분증이 붙어 있었다. 모치즈키 히사오(望月久夫)라고 씌어 있었다. 증명사진 속에서 엄숙한 얼굴로 이쪽을 바라보고 있는 운전기사에겐 분명 히사오라는 이름이 어울린다고, 나는 그런 쓸데없는 생각을 하고 있었다.

택시는 주택가를 빠져나와 출퇴근 차량들이 다니는 상점가를 미끄러져간다. 수많은 남자와 여자들이 바쁜 걸음으로 역으로 향하고 있다. 역 앞 교차로에 있는 분수가 보인다. 택시는 교차로를 직진해서 크게 우회전했다.

그 순간, 나는 크게 숨을 들이쉬었다. 그러곤,

"벚꽃……" 하고 나도 모르게 내뱉었다.

역 앞 교차로에서 좌우로 이어지는 도로에, 길 전체를 감싸듯이 벚꽃이 활짝 피어 있었다. 마치 아치 같았다. 그러고 보니 이 길은 벚꽃 명소였다. 한 달 전부터 출산휴가를 받아 쉬고 있었고 장 보는 것도 거의 남편이 해주었기 때문에 벚꽃 같은 건 완전히 잊어버리고 있었다.

달려도 달려도 벚꽃의 행렬은 끊어지지 않았다. 때때로 연분홍색 꽃잎이 팔랑팔랑 떨어져서 차창 유리에 달라붙었다. 만개한 벚꽃의 꽃잎은 마치 움직임을 멈춘 것처럼 보인다. 낮에도 빛을 발하는 특수한 조명 같다. 타임머신을 타고 있는 기분이었다. 아이를 낳으러 가는 게 아니라, 아득히 먼 옛날로 얼굴도 모르는 누군가를 만나러 가는 것 같은.

봄이다, 하고 새삼스레 생각했다. 연분홍색 벚꽃이 머리 위를 덮고, 그 너머로 맑게 갠 푸른 하늘이 있고, 시선을 떨어뜨리면 길거리에는 노란 유채꽃이 바람에 흔들리고 있었다. 집집마다 정원에서 개나리가, 팬지가, 그리고 이름도 모를 색색깔의 꽃들이 나를 배웅하듯이 얼굴을 내밀고 있었다. 봄이었다. 눈에 보이는 구석구석까지, 봄이었다.

모든 것이 생생하게 빛을 발하고, 움직이고, 튀어오르고, 섞이고, 차창이 비추는 모든 것들이 ─쓰레기를 쪼는 까마귀도, 싸구려 술집의 간판도, 아스팔트 위에 흰 페인트로 그려진 횡단보도도, 이층 창문에 펄럭이는 빨래들까지, 지금 이 순간 자신의 색깔로 자신의 위치에 놓여 있다.

어쩌면 이렇게 아름다울까. 뒷좌석에서 나는 멍하니 그렇게 생각했다. 몇 번이고 지나다녔던 길이다. 혼자서, 혹은 남편과 둘이서. 그런데 나는 여태껏 무얼 보고 있었던 걸까. 혹시 눈을 감고 걸어다녔던 게 아닐까. 두 눈을 뜨고 있었다면, 이렇게나 아름다운 세계가 보였을 텐데.

하루코. 그래, 하루코. 엄마가 나를 낳기 위해 달려갔던 길도 이렇게 모든 것이 봄이었겠지. 아, 봄이구나, 하고 배를 쓰다듬으며 엄마는 생각했겠지. 나는 세상이 이렇게 선명하게 빛나기 시작하는 때에 아기를 낳는구나, 이 아기도 눈을 뜨고 이 세상을 봐주었으면. 그렇게 생각했겠지.

갑자기 진통이 와서 나는 남편의 손을 쥔 손에 꽉 힘을 준다. 괜찮아? 하고 남편이 나를 걱정스럽게 쳐다본다. 아직 괜찮아, 하고 웃으면서 나는 갑자기 문득 예전에 헤어진 두 사람의 연인을 떠올린다. 그들도 그들의 이름에 어울리는 나날을 보내고 있을까. 그들의 이름에 어울리는 장소를, 두 눈을 뜨고 보고 있을까.

"기사 아저씨, 조금만 더 빨리 가주세요."

남편이 울 것 같은 목소리로 운전기사에게 말한다.

조금만 더 기다려. 세상 밖으로 나오려 하는 누군가를 향해 나는 말했다. 조금만 더 기다리렴. 너에게 어울리는 이름을 생각하는 중이야. 오직 너에게만 어울리는 이름을, 아직 생각중이란다. 강과 봄을 닮고, 빛과 태양을 닮고, 세상에 도움이 되고 의지가 되고, 건강하고 사랑받을 수 있는 그런 이름. 아니, 그런 의미 같은 건 하나도 없어도 괜찮아,

누구나 너를 너라고 인정해줄 수 있는 이름이라면.

　나와 남편과, 아직 이름이 없는 누군가를 태운 택시는 벚꽃 아치 아래를 전속력으로 빠져나간다.

Presents #2

책가방

어린아이란 얼마나 어른스러운 것일까. 아무것도 모르는 얼굴을 하고 있지만, 실은 여러 가지 것들을 알고 있는 것이다.

적어도 나는 그랬다. 유치원 때 나는 정말 아무것도 혼자서 못 하는 아이였다. 글도 익히지 못했고 가위질도 못 했다. 누가 말을 걸어도 대답하지 못했고, 어디가 아파도 아프다고 말하지 못했다. 오줌이 마렵다는 말을 못 해서 맨날 그 자리에서 실례를 하곤 했다. 그러면 복도 구석에서 선생님이 비상용 바지로 갈아입혀주었다. 젖어버린 바지는 비닐봉지에 넣어서 집에 가지고 갔다.

다른 애들은 다 하는 것들을 어찌 된 일인지 나는 할 수 없었다. 그리고 그 사실을 스스로도 깨닫고 있었다. 말을 걸어도 대답을 안 하니까 말을 건 애가 무안해한다는 것도, 그러면 두 번 다시는 내게 말을 걸지 않으리란 것도 알고 있었다. 선생님이 골치 아픈 애라고 생각하는 것도 알고 있었다. 비상용 바지는 거의 내 전용이란 것도, 비닐봉지에 넣은 젖은 바지가 얼마나 한심해 보이는지도 알고 있었다.

그 모든 것을 알고 있었기에 나는 절망했다. 유치원생의 절망이란 게 얼마나 대단하겠느냐고 할지도 모르지만, 눈에 보이는 세상이 좁은 만큼 절망의 색도 훨씬 짙은 것이다. 그곳밖에 있을 곳이 없으니까.

나는 언제까지고 이 모양일 거라고, 어른들의 말로 표현하자면 '막연하게' 나는 생각하고 있었다. 누구와도 제대로 대화를 하지 못하고, 그래서 친구도 사귀지 못하고, 딴 애들이 다 하는 일을 못 하고, 볼썽사납고, 선생님과 부모님을 애먹이고, 즐겁다고 느끼는 일도 없다. 그런 곳에서 나는 계속해서 이런 모습으로 살아갈 것이다. 그러긴 싫지만 딱히 어찌할 도리가 없다. '막연'이라는 어른들의 말을 아직 모르는 유치원생이었던 나는, 다만 멍하니 우울한 기분만을 끌어안고 있었다.

이곳을 나가더라도 바깥세상 역시 별다를 바 없다는 것을 알고 있었기 때문에 졸업식 때도 별로 기쁘지 않았다. 평소보다 예쁜 옷을 입고 줄 맨 뒤에 서서 다른 아이들이 움직이면 뒤처지지 않도록(그래도 항상 뒤처졌지만) 따라서 움직이면서, 평소와는 완전히 다른 하루 일과를 겨우 소화해냈다.

아직 공기가 쌀쌀하던 초봄날, 이제 유치원생이 아니고 아직 초등학생도 아닌 내 앞에 여러 가지 물건들이 놓였다. 공부용 책상, 새 체육복, 운동화, 도구함, 교과서, 공책, 필통, 연필. 엄마는 그것들에 전부 내 이름을 쓰거나 수를 놓아주었다.

초등학생은 참 소유물이 많구나. 나는 감탄했다. 이게 전부 내 것이 되는 건가 하고 방바닥에 늘어놓아보았다. 반짝반짝 빛나는 새 물건들을 보고 나는 생각했다. 졸업식 때와 마찬가지로 기쁘거나 즐겁기보다 중압감이 먼저 찾아왔다.

더럽히면 어쩌지. 잊어먹으면 어쩌지. 잃어버리면 어쩌지. 나는 분명 그 걱정 모두를 실행에 옮겨버릴 것이다. 더럽히고, 잊어먹고, 결국에는 잃어버리고 말겠지. 내 이름이 씌어진 이 새 물건들은, 모두 하나씩 하나씩 이 세상의 구석 어딘가로 떨어져 영원히 돌아오지 않을 것이다.

그런 어느 날, 커다란 박스가 도착했다. 예쁘게 포장되어서 리본까지 달려 있었다. 할머니께서 보내주신 거야, 하고 엄마가 말했다.

이미 익숙해져 있던 중압감이 또다시 찾아오는 것을 느끼며 나는 포장지를 뜯었다. 더럽힐지도 모르는, 잊어먹을지도 모르는, 잃어버릴지도 모르는 소유물이 또하나 튀어나올 것이 분명하다.

책가방이었다. 매끄러운 빨간색 표면이 반짝거렸다. 무서울 정도로 커 보였다. 몸을 둥글게 웅크리면 안에 들어갈 수도 있을 것 같았다. 밑부분에 있는 버튼을 눌러서 열자 찰칵 하고 조금 기분 좋은 소리가 났다. 뚜껑을 활짝 들어올리고 안을 들여다보았다. 베이지색의 공간이었다. 얼굴을 넣어보니 신기한 냄새가 났다. 고약하진 않았지만 별로 좋은 냄새도 아니었다. 왠지 그리움을 불러일으키는 냄새. 어른들의 말로 하자면 '가죽 냄새'겠지만, 유치원생도 초등학생도 아닌 내게 그것은 여태껏 맡아본 적 없는 미지의 냄새였다.

다리를 바깥으로 접고 주저앉은 나는 무릎 위에 책가방을 올려놓고 텅 비어 있는 안을 멍하니 바라보았다. 정사각형의 공간. 그것은 변함없이 필요 이상으로 커다랗게 보이고, 무엇이든 들어갈 수 있을 것 같았다. 이런 걸 어깨에 메고 매일 학교에 가야 하는 건가. 이렇게 크니까 잃어버릴 걱정은 없겠네.

나는 문득 무언가를 떠올리고, 아끼던 봉제인형 루루를 책가방 안에 밀어넣어보았다. 들어갔다. 그러고도 아직 여유가 있었다. 좋아하는 그림책을 넣어보았다. 유치원에서 쓰던 색연필을 넣어보았다. 부엌으로 달려가서 만화 주인공이 그려진 물병을 갖고 와서 넣어보았다. 돌멩이. 우산 초콜릿. 만화 주인공이 그려진 콤팩트. 스누피 손수건. 과자. 들어가고 또 들어갔다. 내년에는 못 입겠다고 엄마가 말했던 수영복. 보이지 않으면 절망이 한층 더해지는 물방

울무늬 양말.

"어머, 뭐 하는 거니? 그 가방은 가출용이 아냐."

책가방 안에 주위의 것들을 전부 집어넣고 있는 나를 보고 엄마가 소리내어 웃었다. 그런 것 정도는 알고 있다. 초등학교가 어떤 곳인지 잘은 모르지만, 돌멩이랑 루루를 갖고 갈 수 있는 곳이 아니라는 것 정도는 알고 있었다. 그렇지만 왠지 안심이 되었다. 이 가방에는 이렇게 뭐든지 들어가니까.

만약 초등학교가 절망적인 장소라면, 그곳에서 또 나 자신에게 절망하게 된다면, 이 책가방에 좋아하는 것들을 전부 채워넣고 다른 어딘가로 도망가자. 손수건과 물병이 밖으로 불쑥 튀어나온 책가방을 내려다보며 나는 그렇게 마음먹었다. 나 혼자서, 어딘지 몰라도 절망하지 않을 수 있는 어딘가를 찾아서, 전 재산을 가지고 도망을 가자. 그래, 그러면 되겠다. 이제 다 괜찮아.

내 전 재산은 루루와 손수건과 물병, 초콜릿과 캐러멜, 캔디, 그리고 돌멩이와 가족사진과, 건드리면 거위가 금색으로 변하는 그림책이었다. 이것만으로도 살아갈 수 있다고, 당시의 나는 그렇게 생각했다. 혼자서, 어딘가에서, 어른이 될 때까지 살아갈 수 있다고 생각했다.

전 재산을 집어넣은 책가방을 닫고(찰칵하고 또 버튼이 잠기는 소리가 났다) 양팔을 멜빵에 끼워서 어깨에 메고 일어났다. 어깨에 멘 전 재산이 너무 무거워 나는 똑바로 서 있지 못하고 비틀거렸다. 그 모습을 본 엄마가 또 웃었다.

그날 밤 아빠가 집에 돌아오자 엄마는 다시 내게 책가방을 메게 하고 아빠와 함께 웃었다. 카메라를 갖다대기도 했다. 날 보고 웃고 있는데도, 난 이상하게 화도 나지 않고 울지도 않았다. 왠지 엄마 아빠처럼 즐거운 기분이 들어서, 일부러 비틀거리면서 걸어 보이고 또 다같이 웃었다. 할머니한테 고맙다는 전화를 할 때도 나는 계속 웃고 있었다.

4월에 나는 초등학생이 되었다. "책가방이 널 업겠네" 하는 엄마의 웃음소리를 들으며 매일 빨간 책가방을 메고 학교로 향했다.

어쩌면 그 빨간 책가방은, 혹은 신기한 냄새가 나던 사각형의 공간은, 내게 있어서 하나의 문이었을지도 모른다. 그후로 나는 예전처럼 절망하지 않게 되었기 때문이다. 안

녕, 하고 누군가가 말을 걸면 나도 안녕, 하고 인사를 하면 되었다. 우스운 일이 있으면 소리내어 웃으면 되었다. 못 하는 일이 있으면 누군가에게 도와달라고 부탁하면 되었 다. 그러고도 혹시 세상이 또다시 나에게 등을 돌린다면, 그 공간에 전 재산을 채워넣고 어딘가로 도망가면 되었다.

반짝거리던 책가방의 광택이 사라지고, 여기저기 긁힌 자국이 생기고, 멜빵에 팔을 끼우는 게 버거워졌을 무렵에 는, 나는 어딜 가나 찾아볼 수 있는 지극히 평범한 초등학 생이 되어 있었다.

생일파티에 초대를 받아 가고, 몇몇의 친구들과 비밀을 공유하고, 비밀기지를 만들고, 선생님에게 야단을 맞고, 생활기록부에 일희일비하는 지극히 평범한 초등학생. 전 재산을 어깨에 메고 도망가겠다는 필사적인 각오는 완전 히 잊어버리고, 그저 분주하게 하루하루를 보냈다. 예전에 는 그림자처럼 붙어다녔던 절망이라는 단어는, 엄마 아빠 에게 들키지 않도록 몰래 버려버린 시험지만큼이나 의미 없는 것이 되었다.

어른이란 또 얼마나 어린아이 같은 것일까. 뭐든지 다 알고 있는 듯한 얼굴을 하고 있지만, 실은 아무것도 모르고 있는 것이다.

지금의 나는 아무것도 모르는 사람이 되어버렸다. 나이로 말하자면 스물일곱 살, 어엿한 성인의 나이다. 유치원에 다닐 때 보던 것보다 세상은 훨씬 넓었다. 나는 나이를 먹을수록 모르던 것을 하나씩 알아갔다.

이를테면 사람이 죽는다는 것. 책가방을 선물해주셨던 할머니는 내가 열일곱 살 때 돌아가셨다. 지금 곁에 있는 누군가가 없어질 수 있다는 것을 그때까지는 실감하지 못했다. 하지만 할머니는 이제 어디에도 없다.

이를테면 내 힘으로 이룰 수 없는 무언가가 있다는 것. 나는 아티스트가 되고 싶었다. 참신한 일러스트를 그리는 아티스트가 되어서 한시라도 빨리 세계무대에 데뷔하고 싶었다. 하지만 미대에 들어가던 해에, 그런 꿈은 이 세상이 뒤집어져도 안 이루어지리라는 것을 깨닫게 되었다. 현재 나는 전 사원이 다섯 명인 작은 디자인 사무실에서 일하고 있다.

이를테면 행복이라는 것이 한 가지가 아니라는 것. 책가방을 메는 어린 나를 보고 함께 즐겁게 웃던 엄마와 아빠는 이 년 전에 이혼했다. 서로의 행복한 미래를 위해서라고 했다. 그들의 결단에 반대하진 않았지만, 책가방을 멘 내 사진을 열심히 찍어대던 그날 밤이 다름 아닌 행복이란 것이라고 믿고 있던 나에게는, 조금 충격적인 일이었다.

이를테면 컨트롤 불가능한 사랑이라는 것. 그때까지 나는 사랑이라는 것은 구름처럼 가볍고 부드러운 감촉일 거라고 생각하고 있었다. 몇 번 사랑을 하면서도 그렇게 믿고 있었다. 하지만 이 세상에는 훨씬 난폭하고 야만적인 사랑도 있다. 단순히 희로애락이 증폭되기만 할 뿐, 타임을 외쳐도 멈춰주지 않고 마음대로 빠져나갈 수도 없다. 그런 정체 모를 것이 분명 존재한다.

그리고 이를테면, 사랑도 잃을 수 있다는 것.

몰랐던 것들을 한 가지씩 몸으로 겪어온 나는, 지금 그것을 배우고 있는 중이다.

이러다 정신이 이상해지는 게 아닐까 싶을 정도로 좋아하던 사람이 생기고, 내 시간과 마음과 여유를 거의 모두

대가 없이 바치고, 그럼에도 그 모든 것들이 생각지도 못한 사이에 싹둑 잘려나가버릴 때가 있다. 그렇다. 나는 바로 며칠 전 실연당한 것이다.

이런 종류의 괴로움은 전혀 알지 못하던 것이었다. 밥을 먹어도 아무 맛도 나지 않는다. 전철 문이 내 앞에서 닫혀도 아무 생각도 들지 않는다. 좋아하는 드라마를 보고 있어도 내용이 머리에 들어오지 않는다. 그런가 하면 약국 앞을 지나다가 스피커에서 들려오는 시시한 유행가 한 소절에 갑자기 눈물을 흘리기도 한다.

우울해하는 나를 친구들은 자주 밖으로 불러내준다. 함께 식사를 하고 수다를 떤다. 그들과 같이 있으면서 나도 함께 웃고, 노래하고, 열심히 밥을 먹고, 술을 마시고, 나를 차버린 남자 욕을 하기도 한다. 하지만 그러면 그럴수록 시커먼 구멍 속에 털썩 떨어지는 듯한 느낌이 든다. 웃고 있는 친구의 얼굴, 좋아하는 음식이 놓인 접시, 반짝이는 와인 잔. 이 모든 것들을 어두침침한 무언가가 가로막고 있다. 실연이 이렇게 무서운 것이었다니, 실제로 겪어보기 전까지는 정말로 몰랐다.

그리고 나는 다시 깨닫는다. 나는 나이를 스물일곱이나 먹을 때까지 아무것도 모르고 있었다. 사람이 죽는다는 게 어떤 것인지, 행복의 형태가 다르다는 것이 어떤 것인지, 사랑이 나에게 무얼 가져다주는지, 실연이 나에게서 무엇을 빼앗아가는지, 하나도 모르고 있었다. 신기하다. 옛날에는 그렇게나 많은 것들을 알고 있다고 생각했는데, 지금의 나는 아는 것보다 모르는 것이 훨씬 더 많다. 어른이 된다는 것은 이렇게 모르는 것이 늘어나는 것일까.

그런 생각을 하면서 시커먼 구멍 속에서 하루하루를 보내고 있던 어느 날, 엄마에게서 택배가 도착했다. 커다란 박스 두 개였다.

반찬거리를 보낸 건가 싶어 열어보니 안에는 이상한 것들만 잔뜩 들어 있었다. 앨범 몇 권, 작문집, 그림과 공작품, 내가 유치원 때부터 고등학교 때까지 만들고 쓰고 받곤 했던 추억의 물건들. 심지어는 탯줄이 담긴 오동나무 상자까지 있었다.

뭐 하자는 거야, 하고 조금 짜증을 내며 열어보니 안에는 편지가 들어 있었다. 재혼하게 되었다는 내용이었다. 네

추억이 담긴 이 물건들, 절대 귀찮아서 보내는 게 아니란다. 앞으로는 네가 보관했으면 해서야. 내가 재혼하더라도 네가 집에 오는 건 언제라도 환영이지만, 이제 이 집은 네가 생각하는 그런 장소가 아닐지도 몰라. 돌아가고 싶다고 해도, 네가 돌아가고 싶은 장소는 거기 없을지도 몰라. 그러니까 이것들은 네가 갖고 있으렴. 돌아가고 싶어질 때 언제라도 바로 돌아갈 수 있도록. 이런 편지였다. 맨 마지막에는, 엄마는 지금 아주 행복하단다, 하고 묻지도 않은 말이 씌어 있었다.

아니 뭐 말은 그렇게 하지만 사실은 귀찮아서 보낸 거 아냐? 그러면 그렇다고 말하면 될 거 가지고. 나는 조금 꼬인 마음으로 그렇게 생각하면서 두번째 박스를 열었다. 거기에선 낡은 책가방이 나왔다. 나는 그걸 꺼내서, 다리를 바깥으로 접고 주저앉은 자세로 무릎에 올려놓는다.

무슨 가방이 이렇게 작을까. 찰칵 하고 버튼을 눌러 뚜껑을 연다. 옛날에 보던 만화책들이 잔뜩 들어 있다. 그것들을 끄집어내자 약간 거무스름해진 베이지색의 공간이 나타난다. 코를 들이대본다. 오래된 가죽 냄새가 났다. 이런 어른의 말을 몰랐다면, 아마도 과거의 냄새라고 했겠지.

문득 무언가를 떠올린 나는, 텅 빈 책가방에다 내 전 재산을 집어넣어보기 시작했다. 우선 통장과 도장, 화장품 파우치와 속옷들. 스스로도 별짓 다 한다고 생각하면서도, 그러는 사이 요 며칠간 내내 내 머리 위를 덮고 있던 먹구름 같은 것이 조금씩 걷히기 시작했다. 아래위로 갈아입을 옷과 읽다 만 책, 좋아하는 CD, MD, DVD와 머그컵. 향수와 타월. 아, 그런데 이게 웬일이람. 이 책가방에는 내 전 재산은커녕 일박 여행에 필요한 것들조차 다 들어가지 않는 것이다.

여섯 살이었던 그때는 얼마나 몸이 가벼웠던가. 그 정도의 물건들만 가지고도 땅끝까지라도 도망갈 수 있다고 생각했었지. 내용물들이 밖으로 마구 튀어나온 책가방을 앞에 두고 나는 웃고 말았다. 웃으면서 책가방을 뒤집어 방금 집어넣었던 물건들을 전부 방바닥에 흩어놓았다.

이거 갖고는 도망갈 수 없어. 나는 조용한 방 안에서 혼잣말로 중얼거렸다. 모든 것을 잃어버렸다고 생각했지만, 그래도 나에게는 책가방에 다 들어가지 못할 정도로 많은 것들이 남아 있다. 도망갈 수는 없다. 조금 더 힘을 내서, 어떻게든 지금의 상황을 벗어나야 한다.

오랜만에 책가방을 메볼까 했는데 팔이 들어가지 않았다. 그래서 또 잠시 웃었다. 고요한 일요일 오후다.

Presents #3

첫키스

여름방학 직전에 나는 열네번째 생일을 맞았다. 그리고 다섯 개의 생일선물을 받았다. 부모님에게서 원피스를, 할머니에게서 손목시계를, 누구미짱에게서 펭귄 그림이 그려진 수첩을, 나오짱에게서는 구슬 팔찌를.

　그리고 또하나…… 그걸 선물이라고 불러도 될까? 선물이라기엔 좀 이상하지 않을까? 그도 그럴 것이, 만약 그게 생일선물이라면 다음에 다시 받을 때까지 일 년이나 기다려야 하는데, 그건 아무리 생각해도 좀 이상하다. 하지만 나로서는 다이아몬드 같은 것보다 훨씬 굉장한 걸 받은 듯한 기분이다.

마에바시 료타에게서, 나는 첫키스를 받았던 것이다.

마에바시 료타라는 남자아이는 물론 이전부터 알고 있었다. 나랑 다른 초등학교를 다녔고, 축구부이고, 머리는 항상 자고 일어난 듯 부스스하고, 항상 점심시간이 되기 전에 도시락을 까먹고, 성적도 별로 안 좋은 것 같다. 1학년 때 같은 반이었지만 내가 그 아이에 대해 아는 건 그 정도뿐이다. 2학년에 올라가서 다른 반이 되면서는 거의 만날 기회가 없었다. 복도에서 마주쳐도 인사도 하지 않았다. 특별히 의식한 적도 없고, 그건 그 아이도 마찬가지인 줄 알았다.

중학교에 올라가면서, 친한 친구들은 누구누구가 멋있다느니, 누가 누구를 좋아한다느니 하는 이야기를 하기 시작했다. 누구미짱은 한 학년 위인 사쿠라이 선배를 좋아한다. 나오짱은 같은 학년의 곤도 시게노리라면 사귀어도 좋겠다고 한다. 수학을 가르치는 하세가와 선생님을 좋아하는 아이도 있다.

그런 이야기를 할 때마다 나 역시 그 무리에 끼어 이것저것 떠들어대긴 하지만, 사실 나에게는 좋아하는 사람 같은 건 없다. '좋아한다'라는 감정이 어떤 건지도 잘 모른다. 어떤 건지는 모르겠지만, 별로 좋지 않을 것 같은 느낌이다.

왠지 귀찮을 거 같다. '좋아한다'라는 말은 사람 사이를 갈라놓는다. 초등학교 때 나와 같이 어울려다니던 남자 셋과 여자 셋이 있었다. 서로 패를 나누어 싸움도 하고, 같이 모험을 하고(철거 직전의 아파트 단지나 옆 마을 빈집에 침입하는 등), 부모 동반이긴 하지만 캠프도 같이 갔다. 이 무리가 공중분해상태가 되어버린 것은 나쓰코의 사랑 때문이라고 나는 믿고 있다. 6학년의 늦여름, 나쓰코가 돈짱(=도쓰카 뎃페이, 같이 놀던 애들 중 한 명이었다)을 불러내 좋아한다고 고백을 한 것이었다. 하지만 돈짱에게는 좋아하는 아이가 있어서(역시 같이 놀던 애들 중 한 명인 리사짱이었다는 소문이 있다), 그만 차여버리고 말았다. 나쓰코는 울며불며 난리를 쳤고, 그후로는 서로 서먹서먹해져서 가을에 접어들면서부터 다같이 어울려 노는 일이 없어졌다. 그리고 그대로 졸업.

나쓰코의 고백사건 전에는 졸업하고 나서도 계속 같이 모여서 놀자고 그렇게 다짐했으면서도, 졸업식에서마저 우리는 뿔뿔이 흩어졌다. 사립학교에 진학한 나쓰코를 작년에 만났는데, 언제 그랬냐는 듯 돈짱은 완전히 잊어버리곤 옆 남학교에 다니는 아이 얘기만 했다. 왠지 기분이 좋지 않았다. 그렇게 난리를 쳐서 친구들 사이를 깨뜨려놓은 주제에.

그래서 나는 사랑 같은 건 필요없다는 생각을 갖게 되었다. 사랑은 쓸데없이 사람과 사람 사이를 떨어뜨려놓고, 게다가 왠지 모르게 우리들을 약하게 만든다. 그런 기분이 들었다.

가능하다면 사랑 따위는 하고 싶지 않아, 쟤네들처럼 누가 좋다, 누가 멋지다 하는 시시한 생각은 하고 싶지 않아, 이대로 어른이 되고 싶어, 사랑과는 관계없이 남자들과 친하게 지내기만 하면서, 무적의 강인함을 지닌 어른이 되고 싶어. 아무에게도 말하진 않았지만 나는 계속 그렇게 생각하고 있었다.

기말고사 기간에 딱 걸려 있던 올해 생일날, 복도에서 스쳐 지나가던 료타가 갑자기 내 이름을 불렀다.

"야, 너 오늘 시간 있어?"

어디다 대고 야, 라는 거야, 하고 속으로 짜증을 내면서 나는 되물었다.

"시간은 있는데, 왜?"

"어— 그게, 줄 게 있으니까 이따 집에 같이 가자."

료타는 화난 듯한 목소리로 말했다.

"그게 뭔데?"

"시끄럽네. 무슨 상관이야? 암튼 끝나고 기다려. 난 지금 바빠서 간다."

그렇게 말하고는 료타는 탁탁 소리를 내며 뛰어갔다.

이상한 놈. 뭐 아마도 생일선물 같은 거겠지. (근데 료타가 어떻게 내 생일을 알고 있는 거지?) 아냐, 어쩌면 내일 시험 보는 과목 공책을 복사해달라는 건지도 몰라. 아니 그보다 저 명령조 말투는 대체 뭐람? 지가 먼저 집에 같이 가자면서 왜 명령을 하고 난리래. 왜, 왜 내가 널 기다려줘야 되는데?

이 초 정도 그런 생각을 했다. 딱 뭐라고 집어 말할 수 없는 기분이었다. 가슴속에서 무언가가 웅성대는 듯한, 간지럼을 태우는 듯한, 하늘을 보고 웃음을 터뜨리고 싶은, 누군가의 등을 힘껏 때려주고 싶은 그런 기분.

학급활동이 끝나고 나는 뒤뜰의 등나무 덩굴 밑에서 료

타를 기다렸다. 줄 게 있다는 게 뭘까. 별로 큰 기대는 하지 말자. 어차피 별거 아닐 거야. 지우개 아니면 길거리에서 꺾은 꽃 같은 거겠지. 어쩌면 더 괴상한 걸지도 몰라. 개구리 시체나 흙투성이 체육복 같은.

그날은 날씨가 흐렸다. 며칠 지나면 여름방학이 시작되고, 그때를 전후해서 장마가 그칠 것이다. 내가 태어난 날은 장마가 끝나가던 때였다고 엄마가 말했었다. 병원에서 새파란 하늘이 보였고, 건너편 맨션에서는 모든 집들이 베란다에 새하얀 빨래를 널어 말리고 있었다고 했다. 물론 그럴 리 없겠지만, 나는 왠지 엄마와 함께 그 광경을 보고 있었던 것 같은 기분이 든다. 그 푸르름도, 보송보송한 빨래의 흰색도, 여름에 가까운, 조금 습기를 머금은 공기도.

머리 위의 나무들은 벌써 꽃잎이 거의 다 떨어져 있었다. 나뭇잎 사이로 구름 낀 하늘이 보였다. 몇몇 학생들이 뒤뜰을 통과해 집으로 향하고 있었다. 복도를 달려가는 친구들의 모습이 보였다. 어디선가 함성이 들려오고, 어디선가는 음악이 들려왔다. 료타는 좀처럼 오지 않았다. 대체 뭐 하자는 거야? 속으로 그렇게 투덜거렸지만, 신기하게도 별로 기분이 나쁘지는 않았다.

가방에 손을 넣어서 방금 전에 누구미짱에게서 받은 선물을 만지작거리고 있는데, 탁탁 실내화가 아스팔트를 차는 소리가 들리면서 료타가 나타났다. 왜 이렇게 늦어? 하고 화를 내고 싶었지만, 입을 열면 웃어버리고 말 것 같아 나는 일부러 뾰로통한 표정을 지었다.

미안 미안, 가자, 하고 말하면서 료타는 바쁜 걸음으로 신발장 쪽으로 가버렸다.

료타 집은 어디지? 자기가 먼저 가자고 하는 걸 보니 나랑 같은 방향인 걸까? 나는 고개를 갸웃하면서 얌전히 뒤를 따라가 신발을 갈아신었다.

우리 학교는 언덕 위에 있다. 곧게 뻗은 좁은 언덕길 위에서는 거리 전체를 내려다볼 수 있다. 구름 낀 하늘 아래, 집들은 고요하게 가라앉아 있었다. 1학년으로 보이는 아이들이 와글와글 소란스럽게 우리 앞을 스쳐 지나갔다.

집에 같이 가자고 해놓고, 료타는 아무 말도 없이 성큼성큼 걷기만 했다. 할 수 없이 내가 먼저 화젯거리를 찾아 말을 걸었다.

"축구부 재밌어?" "여름방학에도 축구부 연습 있어?" "가족끼리 여행 가니?" "시험 잘 쳤어?" 료타는 변함없이 무표정한 얼굴로 그 질문들에 띄엄띄엄 대답했다.

료타는 매년 가족끼리 바다로 피서를 간다고 했다. 하지만 올해는 축구부 준 주전선수로 뽑혔기 때문에 못 갈지도 모르고, 딱히 가고 싶지도 않은 모양이었다. 자기보다 네 살 어린 동생은 5월부터 피서 가는 걸 기대하고 있다고 했다. 축구부는 그냥 멋있어 보여서 들어간 건데, 실은 별로 좋아하지는 않는 듯했다. 공을 쫓아다니는 것보다 방 안에서 볼륨을 크게 해놓고 음악을 듣는 게 더 즐겁다고 했다.

전부 처음 듣는 얘기였다. 료타에게 동생이 있다는 것도, 매년 바다에 놀러 가는 것도, 축구를 별로 좋아하지 않는다는 것도, 음악 같은 걸 듣는 것도. 전혀 모르는 사람과 길을 걷고 있는 것 같았다. 반걸음 정도 뒤에서, 나는 료타의 부스스한 머리카락을 뚫어지게 쳐다보았다.

그리고 정말 신기하게도 나 역시 나에 대해 이야기를 하고 싶어졌다. 료타도 나를 전혀 모르는 사람 같다고 생각하게 만들고 싶어졌다. 그래서 료타가 다시 입을 닫았을 때

나는 이야기를 시작했다.

　내가 태어난 날에 대한 것, 그 광경을 직접 본 듯한 느낌이 든다는 것, 영어는 좋아하지만 수학은 지옥만큼이나 싫어한다는 것, 항상 같은 반 여자애들과 같이 집에 가지만 가끔 혼자 갈 때도 있다는 것, 언덕 위에서 내려다보는 거리를 좋아한다는 것. 아무 맥락도 없이 이야기를 했다. 말이 입에서 술술 흘러나왔다. 내가 이런 생각을 하고 있었구나, 하고 스스로 놀라기도 했다. 나 자신이 전혀 모르는 사람이 된 느낌이었다.

　반걸음 앞서 걷던 료타가 갈림길을 꺾어들어갔다. 좁은 언덕길에서 옆으로 뻗은, 더 좁은 골목길이었다.

　"그쪽 아냐. 버스 정류장 가려면 언덕 밑까지 가야 돼."

　내가 그렇게 말하자, 료타는 "여기가 지름길이야" 하고 역시 화난 목소리로 말하고는 성큼성큼 걸어가버렸다.

　처음 가보는 길이었다. 골목 양쪽 담 사이가 서로 닿을락 말락 할 만큼 좁아서 둘이 나란히 걸을 수 없을 정도였다. 고양이가 느긋한 걸음으로 지나갔다. 색이 바랜 음료수 캔이 들어 있는 자동판매기가 우뚝 서 있었다. 어디선가 피아

노 연습곡이 들려왔다. 앞에서 걷는 료타의 머리카락이 걸음을 내디딜 때마다 위아래로 출렁였다.

"대체 줄 게 뭔데?"

더이상 할말이 없어진 나는 초조한 마음에 결국 그렇게 물었다. 그러자 료타는 갑자기 뒤를 돌아보더니, 어? 하고 놀랄 틈도 없이 나에게 가까이 다가와서, 내 얼굴에다가 말랑말랑한 입술을 갖다댔다. 나는 깜짝 놀라서 눈을 크게 떴다. 구름 낀 하늘에 몇 센티미터 정도의 틈이 생기고, 그 사이로 아득하게 맑은 하늘이 보였다. 자기가 키스해놓고도 료타 역시 깜짝 놀란 얼굴로 나를 쳐다보았다. 우리들은 서로 눈을 동그랗게 뜬 채 몇 초 동안 서로를 바라보았다.

"생일 축하해."

한 시간만큼 길게 느껴진 침묵 뒤에 료타는 무뚝뚝하게 그렇게 말했다. 그러고는 나에게 등을 돌리고 다시 성큼성큼 걸어가기 시작했다. 야, 잠깐만, 방금 뭐야 뭐야 뭐야 방금, 뭐뭐뭐지, 대체 뭐지? 마음속으로 꺅꺅대며 소리를 질렀지만, 입으로는 아무 말도 나오지 않았다. 무슨 말을 하면 엄청나게 료타를 상처입힐 것 같은 예감이 들었다. 그리고 동시에 방금 전의 사건이 사라져버릴 것만 같았다.

입술이란 건 부드럽구나. 입맞춤은 레몬맛이라고 들은 적이 있는데, 그렇지는 않네. 굳이 말하자면 커피우유 맛이랄까. 아, 그건 재가 커피우유를 마셔서 그런 건가.

료타는 좁은 길을 성큼성큼 걸어갔다. 나도 뒤처지지 않도록 열심히 걸어갔다. 교복 소매에는 어디서 묻은 건지 까칠까칠한 톱니 모양의 열매가 달라붙어 있었다. 그걸 뗄 생각도 하지 않고 나는 걸었다.

"내가 태어난 건 겨울이었어."

앞에서 걷고 있던 료타가 갑자기 입을 열었다.

"아주아주 추운 날이었는데, 택시를 타고 병원으로 가던 중에 눈이 오기 시작했다고 엄마가 그랬어. 나도 그 광경을 본 듯한 느낌이 들어."

료타의 목소리가 잘 들리지 않아, 그의 등 뒤에 최대한 가까이 붙어서 걸었다. 어, 그렇구나. 너도 그런 생각을 해? 나랑 똑같네? 왠지 소리내어 말할 수가 없어서 마음속으로만 중얼거렸다. 료타에게 가까이 다가가자 햇빛 냄새가 났다. 흐린 날인데도, 햇빛 냄새가.

"생일이 언제야?"

"1월 27일."

"그럼 나도 그날 선물 줄게."

내가 그렇게 말하자, 부스스한 머리카락 사이로 삐져나온 료타의 양쪽 귀가 빨개졌다.

좁은 골목길은 버스 정류장 옆에 있는 편의점 앞으로 이어져 있었다. 정말로 지름길이었다. 버스 정류장에 줄을 서서 버스를 기다렸다. 우리들 말고도 같은 학교 애들이 여럿 있었다. 3학년, 아니면 1학년. 같은 반 아이가 없는 것을 나는 신에게 감사했다.

옆에 서 있는 료타를 곁눈질로 흘끗 쳐다보았다. 푸석푸석한 뺨, 쌍꺼풀 없는 눈, 톡 튀어나온 목젖, 하얀 셔츠 칼라. 어라, 정말 모르는 사람 같았다. 지금까지 한 번도 의식한 적 없는, 이야기해본 적 없는 남자아이가 갑자기 어른스럽고 멋져 보였다. 설마, 그럴 리가. 나는 그런 만만한 여자애들하고는 다르다. 딱 한 번 쪽 하고 키스당한 것만으로 상대가 멋있게 보일 정도로 연약하지 않다. 속으로 그렇게 중얼대면서 열심히 그 생각을 지워버리려 했지만, 아무리

해도, 왠지 멋있어 보였다. 좀더 이야기를 하고 싶었다. 좀더 같이 있고 싶었다.

내가 탈 버스가 왔다. 아이들이 하나 둘씩 타기 시작했다. 료타도 타나 싶었더니, "그럼 내일 봐" 하고 오른손을 들어 보였다. 버스에 올라타는 나를 향해 료타가 말했다.

"여름방학에 어디 놀러 가자, 둘이서."

나는 고개를 끄덕이고는 버스에 탔다. 버스 창문에 대고 료타에게 손을 흔들었다. 료타도 무표정한 얼굴로 손을 흔들었다. 버스는 달리기 시작하고, 료타는 점점 멀어졌다. 구름 낀 하늘이 아까보다 조금 맑아져 있었다. 푸르스름한 하늘 아래, 나는 버스 정류장에 서 있는 남자아이가 보이지 않게 될 때까지 그쪽을 바라보다가, 버스가 옆으로 꺾어들었을 때 가만히 손가락으로 입술을 쓰다듬었다.

그것은 선물이었을까. 그날 이래 나는 줄곧 생각하고 있다. 오늘은 종업식이고 내일부터 여름방학이 시작된다. 료타와 둘이서 어디로 놀러 갈지는 아직 정하지 않았다. 여름방학이 기다려지면서도, 한편으론 두려운 느낌도 든다.

료타를 생각하면 감기에 걸렸을 때처럼 몸이 나른하게 무거워진다. 이전부터 내가 생각하던 대로, 좋아한다는 감정은 사람 사이를 갈라놓아버린다. 여름방학 때 뭐 할 거냐고, 전에는 아무렇지도 않게 물을 수 있었던 말을 하는 것에도 엄청난 용기가 필요하다.

빨리 밥 안 먹으면 지각하겠다. 엄마의 말에 나는 남은 토스트를 입에 우겨넣고 차가운 우유를 꿀꺽꿀꺽 마신 다음 자리에서 일어났다.

현관 거울 앞에 서서 세일러복 리본을 바로잡고 단화를 신었다. 다녀오겠습니다. 큰 소리로 말하고 문을 열었다.

확실히 나는 열세 살 때보다 약해지고 말았다. 분명 지금부터 점점 더 약해지겠지. 어디에서나 볼 수 있는 연약한 여자아이가 되겠지. 금방 울고, 금방 웃고, 누군가에게 무언가 해주고 싶어하고, 누군가가 내 마음을 알아주기를 바라는, 내 이상과는 정반대의 모습이 되겠지. 이제 겨우 열네 살인데도, 앞으로 한참 동안 점점 더 약해지는 건가. 그렇게 생각하자 어깨가 축 처졌다. 하지만 그럴 때마다 다음 순간, 꼭 눈동자 뒤에서 떠오르는 광경이 있다.

좁은 골목길에서 본 그 하늘. 가까이 다가온 료타의 흐트러진 머리카락과 하얀 셔츠에 감싸인 어깨 너머로 펼쳐진 이상할 만큼 넓어 보이는 그 하늘이다. 전체적으로 흰색에 가까운 회색이면서, 딱 한 군데에만 푸른 하늘이 엿보이는 이상한 하늘. 내가 태어났을 때 엄마가 보았다는 하늘, 나도 본 느낌이 드는 그 푸른 하늘보다 더 또렷하게 그 하늘이 떠오른다. 그리고 그때마다 나는 생각하는 것이다. 이 하늘이 앞으로의 삶 동안 약해져버린 나를 지탱해줄지도 모른다고. 오 년 후, 십 년 후, 이십 년 후, 료타와의 일도, 내가 교복을 입었었다는 사실조차도 잊어버릴 때가 와도, 분명 그 하늘의 조각은 내 눈 앞에 나타나서, 괜찮아, 분명히 잘될 거야 하고 근거 없는 보증을 해줄 것이 틀림없다고.

그러니 분명 그것은 선물이 맞았을 것이다. 일생 동안 사라지지 않는, 닳지 않는, 낡지 않는 선물. 십사 년 동안 받았던 것들 중에서, 지금으로 보자면 이것이 제일 커다란 선물이다.

료타의 얼굴을 머릿속에 그려보면서 북적이는 버스에 올라탔다. 내일부터 미지의 여름방학이 시작된다.

Presents #4

냄비 세트

물론 드라마에 나오는 것처럼 복층으로 이어지는 나선
계단이나, 바가 달린 부엌이나, 멋진 옷장이나, 돌출창 같
은 게 있는 집을 상상했던 건 아니다. 하지만 최소한 다다
미방은 아니길 바랐다.

　코딱지만한 부엌이 붙어 있는 서너 평 크기의 다다미방.
창문은 나무틀에 불투명유리에다 무식하게 생긴 붙박이장
이 하나. 좁아터진 화장실 겸 욕실. 이것이 오늘부터 내가
살게 된 집인 것이다.

　그 방에서 나와 엄마는 마주 보고 앉아 커피를 마시고 있
었다. 휴우. 엄마가 한숨을 내쉬었다. 휴우, 나도 한숨이 옮

왔다.

"도쿄는 집세가 비싸다더니 정말이네. 월세 오만 엔 정
도면 우리 동네에선 방 두 개짜리 신축 빌라를 빌릴 수 있
는데 말이야."

부동산을 돌아다닐 때부터 몇 번이고 듣던 말이다.

"그런 소리 좀 그만 해."

나는 짜증이 섞인 목소리로 말했다.

1지망이었던 대학에 합격한 것이 3월 초순. 그리고 일
주일 후, 나는 엄마와 함께 자취방을 구하기 위해 도쿄에
올라왔다. 엄마는 입학식 날에나 어울릴 법한 정장을 입고
왔다. 그날 하루 동안 이사할 집을 찾아야만 했다. 부동산
중개소 아저씨의 차를 타고 네 번씩 다섯 번씩 집을 보러
다녔다. 대학에 합격했을 때 느꼈던, 전 세계가 빛나며 나
에게 손짓하고 있는 듯한 감정은 집을 보러 다니는 사이 점
점 사그라들었다. 옆에 있는 엄마 역시 조금씩 의기소침해
지고 있었다.

소개해주는 곳은 죄다 오래된 목조 아파트뿐인데다, 방
은 깜짝 놀랄 정도로 좁고 낡은 것들이었다. 서로의 얼굴을

마주 보는 엄마와 나에게 부동산 중개소 아저씨는 "이 정도 예산으로는 이런 방밖에 없어서 말이죠" 하고 얄밉게 말했다.

결국 내가 정한 곳은 지하철역에서 걸어서 팔 분 정도 거리에 있는 이 아파트였다. 햇빛은 잘 들지만, 낡은 건 어쩔 수 없었다. 부엌에 있는 한 구짜리 가스레인지는 까맣게 그을려 있고, 수도꼭지는 녹이 슬어 있다. 붙박이장 가장자리에는 물이 샌 흔적이 있고, 나무로 된 천장도 얼룩덜룩했다. 다다미만 새로 깐 듯 혼자 반짝거리고 있었다. 계약을 하고 돌아오는 길에 엄마는 "도쿄는 집세가 비싸다더니……" 하고 몇 번이나 중얼거렸다.

물론 우리집도 으리으리한 대저택은 아니다. 지극히 평범한 단독주택이다. 하지만 내 방은 비교적 넓은 편이고, 창문도 크다. 욕실은 널찍하고 온수기도 있으며, 부엌은 시스템키친이다. 군이 그 쾌적한 집을 나와서 이 낡아빠진 방에서 산다는 것이 과연 무슨 의미가 있는 것인가, 나는 그런 생각까지 들었다.

집에 내려와 도쿄에 올라갈 준비를 하면서도 나는 방 때문에 계속 우울했다. 가지고 가고 싶은 것들 대부분을 그냥 놓고 가야만 했다. 그 방에 다 들어가지 못한다는 지극히 단순한 이유 때문에.

"그건 그렇고 이삿짐센터는 왜 이렇게 안 오지."

방 안에 가득한 울적한 공기를 쫓아내려는 듯이 나는 입을 열어보았다.

"전자제품도 안 오고."

엄마는 일어나서 창문을 열었다. 창문으로는 작은 하늘밖에 보이지 않는다. 찌그러진 사각형으로 잘려 있는 푸른 하늘은, 전선으로 또다시 잘게 나누어져 있다.

"어머, 벚나무가 있네."

엄마는 밝은 목소리로 말하며 내게 손짓을 했다. 엄마 옆에 서서 바깥을 내다보았다. 정말로 옆집 정원에 벚나무로 보이는 나무가 서 있었다. 옆집 정원은 훨씬 넓었다. 우물도 있고, 빨랫줄도 있었다. 정원에 접해 있는 풀밭에는 이불이 널려 있었다. 왠지 우리집과 닮았다.

"여기서 벚꽃놀이도 할 수 있겠네. 아직은 봉오리만 보이지만 학교 갈 때쯤에는 활짝 필 거야."

위로하는 투로 말하는 엄마 때문에 왠지 더 침울해지고 아까부터 쌓여 있던 짜증이 더 커져만 갔다.

전자제품과 이삿짐은 거의 동시에 도착했다. 전자제품 가게 아저씨는 작은 냉장고를 부엌에, 세탁기를 현관 구석에, 소형 텔레비전을 방에 들여놓고는 사라졌다. 이삿짐센터 아저씨는 박스 다섯 개와 책장 하나를 방구석에 들여다 놓고는 사라졌다. 눈 깜짝할 새였다.

"혼자 정리할 수 있으니까 이제 가도 돼."

엄마는 내 말에 대꾸는 않고 잠시 방 안을 둘러보다가 말했다.

"있잖아, 이사 기념으로 메밀국수 먹으러 갈까?"

"여기 메밀국수집이 있을까."

내가 중얼거리자 엄마는 "메밀국수집이 없는 동네가 어딨니. 여기도 일본이잖아" 어쩌고 하면서 부엌만큼이나 좁아터진 현관에서 신발을 신었다. 나도 같이 방을 나와서 장난감 같은 열쇠를 열쇠구멍에 끼웠다.

역으로 가는 길은 상점가였다. 작은 동네라도 역시 도쿄는 도쿄였다. 우리 동네의 상점가와는 비교도 안 될 정도로

냄비 세트 67

번화했다. 마트, 신발 가게, 비디오 대여점, 오락실, 옷가게, 레스토랑, 잡화점. 엄마는 두리번거리며 걷다가 잠깐씩 멈춰 서서는 내 코트 소매를 잡아끌면서 들뜬 목소리로 말했다. "어머, 스웨터 특별판매래. 오천 엔도 안 한다는데, 정말일까?" "참 세련된 커피숍이네. 역시 도쿄야." "저 라면집, 잡지 스크랩이 붙어 있어. 잡지에 나올 정도로 유명한 덴가봐." "여기 어때? 이십사 시간 편의점. 밤중에 간장이나 된장이 떨어져도 바로 사러 갈 수 있겠다."

엄마의 말들은 하나같이 내 짜증을 돋우었다. 이런 곳에서 오늘부터 혼자서 살아야 한다니 불쌍하기도 해라. 그렇게 동정하는 듯한 기분이 들었다. 정말로 내가 딱한 처지에 놓인 딸인 것처럼 느껴졌다.

"그만 해, 대놓고 촌티 내는 것도 아니고."

나는 내뱉듯이 말하고 내 소매를 잡고 있는 엄마의 팔을 뿌리치며 성큼성큼 걸어갔다. 이런 상점가에서 파는 스웨터가 뭐가 그리 대단하겠어. 우리 동네 편의점도 열한시까지는 한다구. 잡지에 나왔다고 다 맛있는 데는 아니란 말이야. 마음속으로 나는 하나하나 불평을 늘어놓았다.

역 근처에 있는 메밀국수집에서 엄마와 마주 앉아 튀김 메밀국수를 먹었다. 경악할 정도로 맛이 없었다. 우리 동네 무라다 아저씨네 메밀국수도 이것보단 맛있다. 그런데도 엄마는 맛있다, 맛있다를 연발했다. "역시 도쿄는 다르네"라면서. 나는 반도 먹지 않고 젓가락을 내려놓았다. 아깝다며 내가 남긴 것까지 먹는 엄마에게, 짜증을 넘어 혐오까지 느껴지기 시작했다.

메밀국수집을 나왔다. 봄날 특유의 따스한 햇살이 상점가에 내리쬐고 있었다.

"이제 그만 돌아가도 돼, 엄마."

나는 퉁명스럽게 말했다.

"아직 짐도 안 풀었잖니."

"몇 개 되지도 않잖아. 혼자 할 수 있어."

"청소도 한번 더 해야 할 텐데."

"방금 하고 나왔잖아."

"그래도 부엌은 아직 때가 덜 벗겨졌던걸."

가게 앞에서 그런 대화를 나누고 있는 우리들을 지나가는 사람들이 흘끔거리며 처다보았다.

"이제 됐다니까."

나는 강한 어조로 말했다. 하지만 속마음은 엄마와 같이 그 낡은 아파트로 돌아가고 싶었다. 같이 청소를 해주길 바랐다. 그 좁아터진 부엌에서 저녁식사를 만들어주길 바랐다. 생선구이, 무말랭이, 오징어가 들어간 계란말이, 우리 집 식탁에 올라올 만한 저녁식사를. 그리고 이불을 펴고 나란히 누워 자고 싶었다. 내 불평과 짜증을 엉뚱한 대답들로 받아주길 바랐다. 하지만 오늘 자고 가면 내일도 자고 가길 바라게 될 것이다. 나는 오늘부터, 바로 지금부터 혼자서 어떻게든 그 방에서 하루하루를 보내지 않으면 안 된다.

"됐다니까. 가도 돼."

울음을 터뜨릴 듯한 내 목소리가 귀에 울렸다.

"아참, 어쩌니, 엄마 깜빡할 뻔했어."

갑자기 엄마가 당황한 목소리로 외쳤다.

"왜, 뭐 두고 왔어?"

"그게 아니고, 냄비 말야. 냄비 사주는 걸 깜빡했네."

엄마는 그렇게 말하며 다시 상점가로 걸음을 재촉했다. 코트를 입은 엄마의 뒷모습이 햇빛을 받아 반짝반짝 빛났다. 나는 어린아이처럼 엄마의 뒤를 쫓아갔다.

"냄비 같은 건 없어도 돼."

"안 돼. 냄비가 없으면 아무것도 못 해. 너도 요리 같은 건 해야 되지 않겠니? 프라이팬 하나만 가지고도 만들 수 있는 것들은 요리라고 할 수 없어. 꼭 냄비 갖고 요리를 해 먹도록 해."

엄마는 의기양양하게 말하면서 가게 앞에 찻잔들을 늘어놓은 잡화점 안으로 들어갔다. 안에는 식기며 냄비, 쓰레기통, 청소도구 등 갖가지 생활용품들이 비좁게 들어서 있었다. 엄마는 냄비가 있는 통로에 주저앉아 구석에 있는 것부터 하나하나 꺼내들고 살펴보았다. "이건 너무 무겁네." "이건 왠지 싼티 난다." "이렇게 너무 커도 좀 그렇겠지?" 혼잣말을 하면서 냄비를 뒤집어봤다가 한 손으로 흔들어봤다가 하는 엄마 옆에 서서 나는, 구석에 정연하게 늘어서 있는 르 크뢰제 냄비를 보고 있었다. 고등학교 때 여성잡지를 보면서 나중에 자취를 하게 되면 꼭 사겠다고 마음먹었던 르 크뢰제. 색깔도 팥죽색으로 정해놓았다. 하지만 그걸 갖고 싶다고 엄마에게 말하지는 않았다. 이런 걸 갖고는 요리를 해먹을 수 없다고 할 것 같았다. 실제로 엄마가 만드는 음식은 르 크뢰제와는 어울리지 않는 것들이었다. 그 집에 팥죽색 르 크뢰제가 있는 것도 웃기는 일이다.

"이게 좋겠어."

벌떡 일어선 엄마는 그 반동으로 잠깐 비틀하다가 옆에 있는 선반에 몸을 기댔다. 그 바람에 쌓여 있던 냄비들이 와장창 소리를 내며 굴러떨어졌다. 가게 안의 사람들이 선반들 사이로 고개를 내밀어 우리 쪽을 바라보았다.

"아, 진짜."

나는 얼굴이 화끈 달아오르는 것을 느끼며 불평을 터뜨렸다.

"아, 진짜는 엄마가 할 말이야."

엄마도 얼굴이 새빨개져서 떨어진 냄비들을 열심히 제자리로 돌려놓았다.

"괜찮으세요?" 하고 점원이 다가왔다.

"어머, 정말 죄송해요. 저기 말이죠, 얘가 올 봄부터 이 근처 아파트에서 자취를 하게 됐거든요. 그래서 냄비를 사주려고 왔는데, 아 이를 어쩐담, 흠집 같은 거 안 생겼죠?

괜찮나요? 근데 내가 고른 건 뭐였더라, 아이 참."

엄마는 아줌마 같은 수다를 떨며 아까 고른 냄비를 점원에게 밀어붙이듯이 건넸다. 냄비는 대 중 소 크기가 다른 세 개가 한 세트였다.

"세 개씩이나 필요 없어."

"필요가 없긴 왜 없니, 작은 걸로는 매일 아침 된장국을 끓여 먹고, 큰 거는 닭도리탕이나 생선조림 만들 때 쓰면 되지. 중간 건 호박이나 감자 같은 거 삶는 데 편해."

아직 얼굴이 빨간 엄마는 다짐하듯이 내게 그렇게 설명하면서 가방에서 지갑을 꺼냈다.

"얘 말이죠, 자취하는 거 처음이거든요. 바로 요 옆에 사니까 무슨 일 있거든 잘 좀 부탁할게요."

엄마는 그렇게 말하며 젊은 점원에게 꾸벅 인사를 했고, 냄비를 포장하고 있던 점원은 나를 보고 어색하게 웃으며 살짝 고개를 끄덕였다.

엄마와는 역 앞에서 헤어졌다. 아파트에 가서 짐 정리를 하고 가겠다는 엄마의 말에, 나는 다시 혼자서 할 수 있다고 했다.

"그래, 이제부터는 혼자 알아서 해야 되겠지?"

엄마는 혼잣말처럼 중얼거리고 몇 번인가 고개를 끄덕이고는, 한 손을 들어 보이며 몸을 돌렸다. 뒤를 돌아보지 않고 곁눈질도 하지 않고, 햇빛이 드는 상점가를 걸어갔다. 엄마에게 받은 무거운 쇼핑백을 들고, 나는 멀어져가는 엄마의 뒷모습을 꽤 오랫동안 바라보고 있었다. 엄마의 뒷모습은 여전히 햇빛에 빛나고 있었다. 카트를 끌고 가는 할머니, 바쁜 걸음으로 역으로 향하는 양복 차림의 남자, 어린아이의 손을 잡고 걷고 있는 젊은 주부. 엄마는 별다를 것 없는 행인들 사이를 똑바로 걸어가고 있었다. 구름 한 점 없는 하늘 아래 상점가는 따뜻하고 밝았다. 문득, 어쩌면 나는 이 광경을 평생 잊지 못하게 될지도 모른다는 생각이 들었다. 그런 생각을 하고 있으려니 눈물이 날 것 같았다. 혼자 남겨져서 울다니 꼭 어린애 같다. 나는 엄마가 가는 방향과 정반대로 뛰어가기 시작했다. 탁탁 소리를 내며 아파트 계단을 올라가, 쇼핑백 안의 내용물을 꺼냈다. 그새 엄마가 부탁한 건지, 점원이 신경을 써준 건지 대 중 소 세 개의 냄비는 선물용으로 포장되어 있었다. 올록볼록한 포장지 맨 위에는 정성스럽게 리본까지 묶여 있었다. 하늘색 리본. 혼자 남은 작은 방 안에서 나는 웃어버리고 말았다.

그때 엄마가 내게 주었던 것은 도대체 무엇이었을까, 요즘 와서 이렇게 생각해보곤 한다.

물론 그것은 냄비였다. 하지만 냄비라는 말로만 표현하기엔 너무 부족한 듯한 느낌이 든다.

이 냄비로 나는 요리를 배웠다. 닭도리탕, 가자미조림, 돼지불고기, 클램차우더, 비프스튜. 처음으로 자취를 시작했던 그 아파트에 처음으로 남자친구가 놀러 왔을 때도, 나는 이 냄비로 요리를 해주었다(지금도 그 메뉴를 기억하고 있다. 롤 양배추와 감자조림과 크림소스 스파게티. 이 끔찍한 조합은 여성잡지에 실려 있던 '남자친구를 기쁘게 해주는 요리' 1위부터 3위까지를 그대로 만든 결과였다).

여자 친구들끼리 밤을 새며 술을 마셨을 때는 새벽녘에 작은 냄비로 라면을 끓였다. 아직도 그애들과는 곧잘 누군가의 방에 모여 밤새도록 술을 마신다.

시험이 끝나고 뒤풀이를 한 적도 있다. 그때는 큰 냄비로 오뎅국을 만들었다. 같은 과 친구 열세 명이 이 방에 모였다. 오뎅이 눈 깜짝할 새에 사라져서 중간 크기 냄비까지 동원했다. 옆집에서 밤중에 왜 이렇게 시끄럽냐는 항의까지 받았다.

즐거운 일만 있었던 건 아니다. 집이 그리워졌을 때, 실연당했을 때, 입사시험에 떨어졌을 때, 밤에 혼자 있는 것이 이유 없이 불안해질 때, 나는 냄비를 꺼냈다. 큰 냄비에다 소고기 사태를 넣고 부글부글 끓였다. 양파가 갈색이 될 때까지 나무주걱으로 열심히 휘저었다. 홀 토마토가 흐늘흐늘해질 때까지 끓였다. 숟가락으로 기름기를 열심히 걷어냈다. 땀을 흘리면서, 때로는 눈물과 콧물까지 흘리면서. 그러다보면 이상하게도 기분이 가라앉았다. 괜찮아, 아무것도 아냐, 내일은 오늘보다 모든 것이 나아질 거야. 냄비에서 피어오르는 수증기와 보글보글거리는 작은 소리들이 내게 그렇게 말해주는 것 같았다.

지망한 회사들에 줄줄이 떨어지고, 결국 아르바이트만 계속 했다. 불안정한 상태였지만 자유로운 시간은 훨씬 늘어났고, 그 자유가 불안으로 변하면 나는 또 요리를 했다.

요리를 하고 있으면, 내가 무언가 의미 있는 일을 하고 있다는, 내가 의미 있는 인간이라는 착각을 할 수 있었기 때문이었다.

잘 풀리지 않았던 건 일뿐만이 아니었다. 실연당할 때마다 내 요리실력은 늘어갔다. 여자 친구들은 하나같이 놀려 댔지만, 나는 남자를 건질 수 있는 가장 확실한 방법은 요리솜씨라고 굳게 믿고 있었다.

모든 것에 대해 선택이라고 할 수도 없는 소극적인 선택만을 하며 나이만 먹어가고 있었는데도, 내게는 푸드 프로듀서라는 직함이 생겼다. 오픈을 준비하거나 매상이 떨어져 고민하는 음식점에 새로운 메뉴를 제안하는 것이 주된 일이었다. 일은 금방 익숙해졌고, 최근에는 잡지에 요리 칼럼 연재까지 하고 있다. 다 아르바이트와 실연 덕분이다.

결혼한 것은 오 년 전, 서른두 살 때였다. 열여덟 살 때와 마찬가지로 채 친해지기도 전에 나는 그를 집에 초대해서 식사를 대접했다. 물론 롤 양배추나 감자조림 같은 조합은 아니었다. 소고기 인삼 스튜, 양고기 토마토 찜, 칠리 콘 카르네 등 오랜 요리경력에 어울리는 음식들을 이미 낡아버린 대 중 소 냄비 세트로 만들어주었다. 남자는 요리솜씨로 건진다는 말이 맞았던 건지, 우리들은 일 년 후에 결혼했다.

취재를 하러 집을 방문한 사람들은 하나같이 내가 쓰는 냄비를 보고 놀랐다. 전부 손잡이가 떨어졌거나 뚜껑이 없거나 바닥이 눌어 있는 등 초라한 모습이었기 때문이다. 왜 새 냄비를 안 사세요? 하고 솔직하게 물어보는 사람도 있었다. 그때마다 나는 웃으며 넘어가곤 했다.

물론 모든 일이 술술 풀려 세상이 장밋빛으로 보이는 것은 아니다. 일에서는 늘 불안하고, 남편과 사소한 일로 다투기도 한다. 이제 더이상 못해먹겠어, 하고 열여덟 살 때처럼 주저앉아 울 때도 있다. 하지만 평균을 내보면 대체로 평온한 날들이다. 나는 지금 어릴 때 머릿속에 그리던 어른의 모습으로 살아가고 있다.

그러다 문득 생각하는 것이다. 저녁식사 준비를 할 때, 밤늦도록 새 메뉴를 구상하느라 머리를 싸쥐고 있을 때, 술을 마시고 돌아오는 어두운 밤길에서. 나는 그때 엄마에게 대체 무엇을 받았던 걸까? 하고.

요리솜씨로 건진 결혼상대? 일과 장래? 정상적으로 기

능하는 내장? 아니면 날마다 잠복해 있는 슬픔과 맞서 싸우는 힘? 불안을 웃어넘기는 쾌활함? 지루한 시간을 없애는 마법? 누군가와 무언가를 함께 먹는, 사소하고도 큰 기쁨?

아마도 그 전부일 것이다. 하늘색 리본을 달고 있던 그것은, 분명 그런 것들 전부였을 것이다.

"일단 호박 안을 도려내야 돼," 수화기 너머로 엄마가 말한다. "그리고 닭고기 찢은 거랑 야채를 있지……"

"그러니까 좀 순서대로 말해줘. 거기서 그냥 야채라고만 말하면 무슨 야챈지 내가 어떻게 아냐구."

변함없이 나는 그렇게 짜증을 낸다. 아무리 고민해도 새로운 메뉴가 떠오르지 않을 때, 나는 가끔 엄마에게 전화를 해서 어릴 때 먹던 반찬의 레시피를 물어보는 것이다.

"호박은 전자레인지에서 띵동 하면 파내기 편하고…… 그건 그렇고 너 요전에 잡지에서 봤더니 냄비가 되게 낡았더라? 남들 보기 좀 그렇지 않아? 새걸로 바꾸는 게 어떠니? 생일선물로 사줄까?"

"됐어요, 됐어. 아, 뭐라는지 까먹었잖아. 호박을 띵동

해서 어떻게 하라고?"

　수화기를 목과 어깨 사이에 끼우고, 동그란 호박이 큰 냄비 안에 들어가는지를 확인하면서 나는 엄마의 말을 기다린다.

성게 전병

한 달 전 2월 14일에 나는 초콜릿을 스무 개 샀다. 열아홉 개는 형식적인 것이었고, 나머지 하나가 진짜 밸런타인용이었다. 마음의 차이는 가격으로 매길 수밖에 없다. 열아홉 명에게는 오백 엔짜리 키세스, 한 명에게는 큰맘 먹고 프랑스의 카리스마 파티세가 만든 이천 엔짜리 밸런타인 한정 초콜릿을 주었다.

　사회인이 된다는 것은 부모님 말처럼 한 사람 몫을 할 수 있게 되는 것도 아니고, 같은 반 남자애가 자조 섞인 말투로 말한 것처럼 거대한 톱니바퀴의 일부가 되는 것도 아니다. 여분의 초콜릿을 열아홉 개 사는 것이다. 적어도 지금의 나에게는 그렇다.

문구류를 취급하는 이 회사에 입사한 것은 일 년 전 4월. 52개의 회사에 원서를 내서 붙은 것은 딱 세 군데였다. 그래도 나는 이 회사가 나를 선택해주었다는 것이 기뻤다. 문구류 캐릭터 디자인을 하고 싶다는 생각은 옛날부터 해왔었다. 1지망이었던 대기업은 아니지만, 이런 아담한 회사일수록 오히려 캐릭터 디자인에 관여할 수 있는 기회가 많을 거라며 일 년 전의 나는 희망에 불타고 있었다. 아니, 지금도 충분히 불타고 있다. 아마도.

하지만 실제로 일 년이 지난 지금, 나는 내가 무슨 일을 하고 있는지 잘 모르겠다. 회사가 나에게 무얼 원하는지, 이 회사에서 나의 위치가 어느 정도인지, 전혀 모르겠다. 복사를 해오라면 복사를 하고, 스테이플러를 왼쪽 상단에 찍으라면 찍고, 방대한 숫자들을 컴퓨터에 입력하라면 입력할 뿐, 그런 것들이 대체 업무의 흐름에서 어느 부분에 해당하는 것인지, 복사와 스테이플러가 어떤 업무에 도움을 주는 것인지 전혀 이해가 가지 않는 것이다. 캐릭터 디자인 같은 건 우주여행처럼 멀게만 느껴진다.

미안하지만 그런 얘기는 질리도록 들었어. 너 같은 여자애들이 허구한 날 늘어놓는 불평이잖아. 내가 사회인이 되고 반년도 지나지 않아 애인 사토루는 그렇게 말하며 연락도 잘 하지 않게 되었다. 대학교 2학년 때부터 사귀고 있는 사람이다. 2학년 때까지는 동급생이었지만 그 다음해부터는 하급생이 되었다. 게다가 아직도 졸업을 못 하고 있다. 다가오는 4월에는 6학년이 된다. 그에게는 지금껏 무슨 얘기든 해왔고, 무슨 얘기든 할 수 있는 사람이 나에겐 그밖에 없었기에 전과 다름없이 내 생각을 그대로 말한 것뿐인데, 저렇게 딱 잘라 듣기 싫다는 표현을 하는 것이다. 황당했다. 여자 쪽이 먼저 사회인이 되면 연애는 끝이라는 말이 사실이었던 것이다.

　그리고 그후로 나는 미팅에 목숨을 걸게 되었다. 현실도피라고도 할 수 있을 것이다. 애인은 나를 슬슬 피해다니고, 직장에서는 보람은커녕 내가 지금 무슨 일을 하는지도 잘 모르겠고, 휴일은 하루 종일 잠옷을 입은 채로 텔레비전 앞에서 보내고, 저녁밥은 편의점 도시락으로 해결하는 이 현실에서 나는 도피하고 싶었다.

나와 마찬가지로 사회생활 일 년차인 친구들에게서 미팅 제의는 쉴새없이 들어왔다. 요 사오 개월 사이에 나는 여러 사람들을 만났다. 여태껏 아무것도 모르고 살았구나하는 생각이 들 정도로 여러 부류의 사람들을. 이 세상에 남자가 사토루만 있는 게 아니었던 것이다.

나랑 동갑인데도 웹디자인 회사를 경영하고 있는 사람도 있었고, 취직하지 않고 연극을 하고 있는 남자도 있었고, 오페라 감상이 취미라는 회사원도 있었고, 인쇄회사에서 일하면서 스포츠 전문 논픽션 작가를 지망하는 사람도 있었다. 그리고 무엇보다, 내가 여자라는 이유만으로 돈을 내는 사람이 있다는 것은 정말 놀랄 만한 발견이었다.

나는 지금까지 남자가 계산을 하는 모습을 본 적이 없다. 고등학생 때 사귀었던 남자친구와도, 물론 사토루와도 항상 더치페이였다. 그것도 일 엔 단위까지 딱 잘라서. 여자가 대접을 받고 남자가 돈을 내는 풍습이 이 세상에 있다는 것은 알고 있었지만, 실감의 정도로 보자면 그것은 '이 지구 어딘가에 트리니다드토바고라는 나라가 있습니다'라는 말과 비슷했다. 그런 곳이 있다 한들 나는 아마 평생 그

나라에 갈 일이 없을 것이고, 그 나라에서 태어난 사람과 만날 일도 없을 것이다, 뭐 이런 느낌.

그리고 나는 사랑을 했다. 그래, 사랑이다. 야스다 겐스케. 나보다 한 살 연상이면서 누구나 이름을 대면 알 만한 출판사에서 일하고 있는 남자다. 올해 초 스물세번째 미팅에서 만나 2차에서 휴대폰 번호를 교환하고, 그참에 따로 빠져나와 단둘이 3차를 갔다. 걸어서 십오 분 정도 걸리는 거리인데도 택시를 타는 사람도, 슈퍼마켓에 들어가듯이 고층 호텔에 들어가는 사람도, 영화 세트 같은 바에서 자기 집처럼 느긋하게 앉아 있는 사람도 나에게는 트리니다드토바고인처럼 처음 보는 인종이었다. 칵테일 한 잔에 이천 엔씩이나 하는 그 가게에서 야스다 겐스케는 칵테일을 주스처럼 꿀꺽꿀꺽 마시면서도 전혀 취하지 않았다. 바텐더에 따른 마티니 맛의 차이라든가 솔티 도그라는 칵테일 이름의 유래 같은 것을 조금도 잘난 척하는 기색 없이, 오히려 약간 멋쩍어하면서 가르쳐주었다.

그 바에서 내가 무슨 생각을 하고 있었느냐면, 바로 사랑에 대해서였다. 사토루와 나는 삼 년 반 정도의 시간을 함께 보냈다. 그 삼 년 반 동안 우린 한 번도 호텔 같은 데 가본 적이 없었다(앞에 '러브' 자가 붙는 허름한 호텔이라면 가본 적 있지만). 바 같은 곳도 물론 간 적 없었다. 그가 밥을 사준 적도, 가방을 들어준 적도, 문을 열어준 적도 없었다(샤워 네 잔에 뻗어버린 사토루를 들쳐업고 집에 간 적은 있지만). 그러니까, 사토루와 있는 동안 나는 내가 여자라는 것을 인식해본 적이 한번도 없는 것이었다. 그런데 만난 지 몇 시간도 안 된 사람과 처음으로 들어간 낯선 바에서, 나는 태어나서 처음으로 내가 여자라는 것을 조금씩 깨닫기 시작했다. 자신이 여자라는 것도 인식하지 못하는 연애를 과연 연애라고 할 수 있을까. 나는 열아홉 살 때부터 삼 년 반 동안 줄곧, 단지 우정에 불과한 것을 연애라고 착각하고 있었던 게 아닐까. 그 증거로 나는 지금 이렇게나 가슴이 두근대고 있다. 사토루와 싸구려 이자카야에 앉아 있을 때는 맛볼 수 없었던 두근거림. 술잔을 어루만지는 야스다 겐스케의 섬세한 손가락과, 주문하면서 자연스럽게 슬쩍 들어올리는 팔과, 깨끗하게 닦은 구두. 그것들을 멍하니 바라보면서 나는 그런 생각을 하고 있었다.

야스다 겐스케는 가게를 나서기 전, 내가 화장실에 간 사이에 칵테일 한 잔에 이천 엔짜리 바의 계산을 미리 끝냈다. 그런 센스에도 나는 두근두근했다. 돌아갈 때도 택시로 집 근처까지 바래다주고는, 들어가서 차 한잔 하고 싶다느니 어쩌니 하는 구질구질한 말도 없이 스마트하게 그 자리를 떴다. 그러고는 날짜가 다음날로 바뀌기 전에 문자 메시지를 보내 다음 약속 신청을 했다. 두근두근 정도가 아니라, 빈혈처럼 눈앞에 흑백의 점들이 떠다녔다. 이것이 사랑이 아니라면 뭐란 말인가.

두번째 데이트는 일 주일 후였다. 퇴근시간에 만나 이탈리안 레스토랑(햄버그 스테이크 따위가 있는 체인점이 아닌 진짜 레스토랑)에서 식사를 하고, 가까운 바에서 술을 마시고, 택시를 타기 전에 끈적임 없는 키스를 했다. 세번째 데이트는 열흘 후. 영화를 보고, 베트남 레스토랑(베트남 손님밖에 없는 동네 포장마차 같은 데가 아닌 진짜 레스토랑)에서 밥을 먹고, 올나이트 스케이트 링크에 가서 스케이트를 탔다. 나는 점점 여자가 되어가고 있었다. 손톱에는 매니큐어를 칠하고, 아이브로 사용법을 익히고, 캐릭터 디자인 따위는 관심도 갖지 않게 되었다. 신문에 나온 오늘의 레시피를 중얼거리면서 복사를 하고 스테이플러를 찍고 하는 행동에도 아무런 의문을 품지 않았다.

그런고로 2월 14일의 진짜 밸런타인 초콜릿은 당연히 야스다 겐스케를 위한 것이었다. 절대, 밸런타인데이 사흘 전에 단지 초콜릿을 받고 싶다는 이유만으로 연락을 해온 사토루를 위한 것이 아니다.

그렇다. 그놈은 밸런타인데이 사흘 전에 갑자기 전화를 해서 대뜸 "요새 잘 지내?"라고 말을 꺼내곤 뻔뻔스럽게 "밥이나 먹을래?" 하는 게 아닌가. "사흘 뒤면 나 시간 있는데." 뭐? 그렇게까지 해서 초콜릿이 갖고 싶냐? "14일에는 나 약속 있어서 안 돼. 그 다음날이라면 꼭 못 만나줄 것도 없지만." 그렇게 거만하게 튕기고 나니 조금 기분이 풀렸다. 흥, 꼴좋다. 너 따위는 다른 열여덟 명이랑 마찬가지로 오백 엔짜리 키세스 초콜릿이라구.

14일에는 물론 야스다 겐스케와 만났다. 그는 간판도 달려 있지 않은, 맨션의 방 한 칸을 개조해서 만든 비밀의 집 같은 일식집에 데려가주었다. 중간에 화장실을 다녀오는

데 텔레비전에 자주 나오는 여배우가 스쳐 지나가서 입이 딱 벌어졌다. 나랑 나이 차이도 별로 안 나는데 어떻게 이런 가게들을 알고 있는 거냐고 묻자, 맛있는 가게를 많이 알고 있는 건 편집자에게 있어 아주 중요한 일이야, 하고 그는 대답했다. 야스다 겐스케는 누구나 이름을 대면 알 만한 출판사에서, 누구나 이름을 대면 알 만한 잡지를 만들고 있는 것이다.

초콜릿은 그곳에서 건네주었다. 야스다 겐스케는 아주 기뻐했다. "화이트데이 때 기대해"라고 말하며 수줍은 듯이 웃었다. 계산을 할 때 슬쩍 훔쳐보니, 비밀의 집 일식집의 이인분 식사 값은 이만 엔이 조금 넘는 금액이었다. 의례 초콜릿보다 고작 몇 푼 더 주고 산 초콜릿이 왠지 미안했다. 그러나 물론 야스다 겐스케는 가격의 차이 운운하면서 시비를 걸 만큼 속 좁은 남자는 아니었다.

다음날 사토루를 만나 회사의 동료와 상사, 거래처 사람들에게 나눠준 것과 똑같은 초콜릿을 건네주었다. 사토루가 데려간, 역시나 지저분한 싸구려 이자카야에서.

오랜만에 만난 사토루에게 나는 조금도 두근거림을 느

끼지 않았다. 싸구려 이자카야와 같은 감상, 변함없이 구질구질하게 하고 다니는군, 하는 정도의 감상. 꼬치 세트와 납작하게 썬 토마토와 간 따위를 늘어놓은 테이블을 사이에 두고, 사회생활이라는 건 열아홉 개의 초콜릿을 사는 것이다, 라고 나는 한바탕 연설을 했다.

"그런 게 어딨어." 사토루는 입을 삐죽였다. "다른 건 더 없냐?"

"너는 아직 학생이니까 모르는 거야. 너도 일을 하게 되면, 사회생활이라는 건 여분의 사탕을 열아홉 개 사는 것과 별 차이가 없다는 걸 알게 될걸."

나는 꼬치에서 닭똥집을 빼내면서 등을 쭉 펴고 단언하듯이 말했다. 그러자 사토루는 "그렇게 말하는 걸 보니 이제 갈 데까지 갔네"라고 평소와 다르게 화난 듯한 목소리로 말했다.

"너는 아직 모른다고, 그런 투로만 말하다보면 영원히 누구에게도 이해받지 못해. 제일 시시한 짓이야. 내 앞에서 두 번 다시 '어떠어떠하니까 너는 아직 몰라'라는 말은 하지 마."

흥, 유치하긴. 야스다 겐스케의 손톱의 때나 끓여 먹어라. 마음속으로 저주를 했다. 그 뒤로 사토루도 나도 말수가 적어져서, 결국 다투고 난 연인처럼 어색하게 가게를 나왔다. 바깥에는 눈이 오고 있었다. 사토루는 혼자 역을 향해 성큼성큼 걸어갔다. 나도 집에 가려면 일단 역으로 가야 해서 별수 없이 몇 미터 뒤에서 따라갔다. 둘의 거리는 점점 벌어졌다. 사토루의 뒷모습을 가리듯이 함박눈이 펑펑 쏟아져내렸다. 사토루는 점점 멀어졌다. 그때 나는 갑자기 외롭다, 고 생각했다. 아니 좀더 정확하게 말하자면, 외롭다는 것이 어떤 심정인지 그때 확실히 깨달았던 것이다. 그것은 지금까지 모르고 있던 종류의 감정이었다. 마음속에 갑자기 블랙홀이 생겨나 언어와 감각을 모두 빨아들이는 듯한 느낌. 그런 생각에 스스로 놀라고 있는데, 앞서 가던 사토루가 걸음을 멈췄다. 그러고는 뒤로 돌아 내가 따라오기를 기다렸다가, "도쿄에서 살다보면 눈길을 걷는 방법을 잊어버려" 하고, 진지한 얼굴로 이상한 소리를 했다.

그로부터 한 달, 나는 계속 고민하고 있다. '외롭다'라는 심정에 대해서, '두근거림' 이라는 기분에 대해서.

야스다 겐스케와는 요 한 달 동안 두 번 데이트를 했다. 사토루에게서는 한 번 전화가 왔다. 말하는 거 깜빡했어, 초콜릿 땡큐, 라는 전화였다.

그리고 오늘이 야스다 겐스케와의 네번째 데이트 날이다. 약속장소는 에비스. 메뉴도 걸려 있지 않은 좁은 일식집 방에서 우리들은 마주 보고 앉아 있다. 처음으로 게회를 먹어봤다. 대구알이 맛있게 느껴진 것도 처음이었다. 여전히 나는 두근거리고 있다. 종업원이 튀김 접시를 치우고, 몹시도 부드러워 보이는 주사위 모양 스테이크를 우리 앞에다 놓고 사라졌다.

"이거."

야스다 겐스케는 언제나처럼 수줍게 웃으며 가방에서 작은 꾸러미를 꺼냈다. 오렌지색 포장지에 검은 리본이 묶여 있다. 엥? 하고 쳐다보고 있는데, 오늘 화이트데이잖아, 하고 웃으며 그가 내 잔에다 투명한 술을 따른다. 이런 경우에 이 자리에서 열어보는 건 실례일까, 아니면 그냥 열어보는 게 나을까, 머리가 팽팽 돌며 어지러워지고 있는데 야스다 겐스케가 말했다.

"열어봐."

리본을 푼다. 두근두근했다. 깜짝상자를 여는 기분이다. 포장지를 조심스럽게 벗겨낸다. 야스다 겐스케는 가만히 그 모습을 바라보고 있다. 검은 상자가 나왔다. 열어보지 않아도 안에 무엇이 들어 있는지 알 수 있다. 아주 고가의 액세서리다. 지금까지 내가 받아본 적 없는. 가만히 상자를 연다. 검은 천으로 싸인 받침대 위에, 은색으로 빛나는 귀고리가 놓여 있다. 화이트데이가 무슨 날이었더라. 나는 어째서 이렇게 멋진 선물을 받고 있는 걸까.

"사회생활이라는 건, 좋아하지도 않는 사람에게 초콜릿을 사주는 거라고 생각했어." 나는 너무 혼란스러운 나머지 이상한 소리를 늘어놓고 있었다. 맞은편의 야스다 겐스케는 응, 하고 조용히 고개를 끄덕였다. "그것도 여유분을 열아홉 개씩이나 사야 되는, 그뿐인 것 같은 느낌이 들었어." 아냐 아냐, 말하고 싶은 건 이런 게 아닌데.

"무슨 말인지 알겠어." 하지만 야스다 겐스케는 동의해주었다. "정말로 그렇다고 생각해."

"그래?"

나는 귀고리를 바라보고 있던 고개를 들어올린다.

"좋아하지도 않는 사람한테 초콜릿을 주는 행위에 거부감이 없어진다는 뜻이 아닐까, 사회생활이라는 건. 하지만 그럴수록 나는 그런 와중에도 진짜 초콜릿을 사는 마음은 잊지 않으려고 해."

아아, 이 사람은 왜 이리도 건전할까. 왜 이렇게 어른스럽고, 올바르고, 배려심이 깊은 걸까. 그런데 어째서 나는 온몸이 이렇게 두근거리면서도, 왜 그 눈 오던 날에 보았던 그 뒷모습을 떠올리는 걸까. 마음속에 작은 블랙홀이 생겨난 것 같은, 그 '외롭다'라는 감정을 떠올리고 마는 걸까.

일식집을 나오자 야스다 겐스케는 자기 집에 가지 않겠느냐고 머뭇거리며 말했다. 여기서 걸어서 십 분도 안 걸려. 괜찮은 와인도 있고, 선배가 이탈리아 출장 다녀오면서 사온 치즈도 있어. 이미 나오기 전에 갖고 있는 것 중 제일 예쁜 속옷을 입고 나온 나는 이런 상황이 내 인생에 있어도 괜찮은 걸까 하고 들뜨면서도, 오늘은 그냥 갈게, 하고 말했다. 아마 이 발언은 내 인생에서 제일 커다란 수수께끼로 남을 것이다.

야스다 겐스케는 억지로 강요하지 않았다. 역까지 바래다주고, 개찰구에서 웃으며 손을 흔들었다.

우울한 기분으로 전철을 탔다. 전철은 몹시 붐볐고 모두들떠 있는 듯 보였다. 나는 혼자 시무룩하게 손잡이에 매달려서 왜 그랬지, 왜 그랬지 하고 자신을 책망했다. 야스다 겐스케. 백 점짜리 남자가 아닌가. 나한테는 아까울 정도로 멋진 남자가 아닌가. 아까 그대로 그의 집에 갔더라면 우리는 자동적으로 연인이 될 수 있었을 텐데, 왜 그냥 가겠다고 말했을까. 아니, 나는 사실 그 이유를 알고 있었다.

말할 수 없었던 것이다. 반짝반짝 빛나는 귀고리를 보았을 때, 나는 귀를 뚫지 않았다고 웃으면서 말할 수 없었던 것이다. 분명 며칠 후에 나는 몰래 귀를 뚫으러 갈 것이다. 그리고 원래부터 그랬던 것처럼 다음 데이트 날 선물받은 귀고리를 하고 갈 것이다. 그것이 야스다 겐스케와 나의 관계인 것이다. 야스다 겐스케를 좋아한다는 감정은 나를 아주 기진맥진하게 만들 것이다. 그렇게 야스다 겐스케는 내가 그 '외롭다' 라는 불가사의한 심정을 느낄 수 없게 할 것이다.

전철을 내려서 수많은 사람들과 함께 개찰구를 나와, 어두운 상점가를 걷는다. 한 달 전보다 공기가 훨씬 따뜻해져 있다. 일도 이해불능인 상태 그대로고, 백 점짜리 남자한테선 도망쳐버렸고, 나란 인간은 진짜 최악이다. 고개를 숙이고 걷는다. 몇 명인가 나를 스쳐 지나 갈림길을 돌아 사라지자 주위에는 아무도 남아 있지 않았다. 오 년 후, 십 년 후에도 나는 이렇게 살고 있을까. 일도 잘 되지 않고, 백 점짜리 남자도 놓치는 서른 살이라니, 싫다. 고개를 숙인 채로 집에 도착해서 아파트 우편함의 은색 문을 연다. 우편물 위에 흰색 비닐봉지가 둥글게 뭉쳐 꽂혀 있다. 뭐냐, 이건. 하필이면 이런 날에 누군가의 장난에 걸려든 거라면 정말 최악이라고 생각하면서 멈칫멈칫 꺼내본다. 편의점 비닐봉지였다. 그리고 안에는 성게 전병이 한 봉지 들어 있다. 봉지 위에 유성 매직으로 무언가 씌어 있다.

초콜릿 답례. 사탕보다 전병을 좋아하지?

사토루다. 바보 아냐. 이걸 사서 일부러 여기까지 전해

주러 왔던 건가. 벨을 눌러도 안 나오니까 잠깐 기다렸다
가, 그래도 안 오니까 포기하고 우편함에다 꽂아넣고 돌아
간 거냐. 기껏해야 성게 전병 주제에. 그래, 맞아. 난 사탕
보다 전병을 더 좋아한다구.

　흰색 비닐봉지와 우편물들을 껴안고 삼층까지 계단을
오른다. 바보 아냐. 바보 아냐. 그렇게 생각하면서도 자꾸
웃고 싶어진다. 전화해서 말해줘야지. 바―보, 뭐 하는 짓
이야? 하고 말해줘야지. 나 오늘은 계회 먹고 왔지롱, 넌
먹어본 적 있냐? 없지? 아하하하하, 꼴좋다. 이렇게 말해
줘야지.

　조급하게 문을 열고 어두운 방 안에 들어선다. 현관에 쭈
그리고 앉아 신발을 벗기도 전에 먼저 휴대폰부터 꺼낸다.
액정화면의 빛이 희미하게 주위를 밝힌다. 올바르고 아름
답고 플러스인 것들은 언제나 긍정해야 하고, 틀리고 촌스
럽고 마이너스라고밖에 생각할 수 없는 것은 언제라도 멀
리 해야 한다는 지극히 당연한 계산이, 언제부터인가 내 안
에서 통용되지 않고 있다는 것을 깨달았다. 사회생활이라
는 것은, 아니, 살아간다는 것은 어쩌면 누구보다 가슴이

두근거리지 않는 남자를 사랑하게 되는 것일지도 모른다. 이건 전화로 말고 다음에 직접 만나서 말해줘야지, 그렇게 생각했을 때 휴대폰 저편에서, 어디 갔었어~ 하는 한심한 목소리가 들려왔다.

Presents *#6*

비상열쇠

차였다. 믿을 수 없다. 차여버리고 말았다.

상대는 팔 년 동안 사귀었던 모리모토 히로아키. 그래,
팔 년이다. 사귀기 시작했던 당시 나는 스무 살이었고, 히
로아키는 스물한 살이었다.

팔 년 동안 여러 가지 일들이 있었다. 대학을 졸업하고
(나), 일 년 동안 유학을 갔다가(히로아키), 작은 광고회사
에 취직하고(나), 여행사에 취직하고(히로아키), 광고회
사가 도산해서 석 달 동안 백수로 빈둥거리다가 편집 프로
덕션에 다시 취직하고(나), 업무과다에 시달리고(나), 여
행사를 포기하고 음악회사에 취직하고(히로아키), 담당한

여성 뮤지션이 갑자기 대히트를 치고(히로아키), 과로로 사흘간 입원하고(나), 한창 잘나가던 중에 갑자기 사진을 배우고 싶다며 전문학교를 다니기 시작하고(히로아키), 프리랜서 카메라맨이라는 직함을 달게 되고(히로아키), 최근 여기저기서 일거리가 들어오기 시작하며(히로아키), 이전보다는 내 페이스에 맞춰 일을 할 수 있게 되었다(나).

다른 사람들은 어떤지 몰라도 정말로 눈이 팽팽 돌아갈 정도로 정신없었던 팔 년이었다. 그래도 그동안 우리들은 둘이서 함께 여러 가지 시련을 극복해왔다.

이를테면 '빈곤'. 백수로 지낸 석 달 동안 내 방 냉장고에는 유통기한이 지난 소스밖에 들어 있지 않았고, 학창 시절에 입던 유행 지난 보풀투성이 오버코트로 겨울을 났다. 그당시 여행사에서 일하고 있던 히로아키는 곧잘 나를 불러밥을 사주었다. 그런 빈곤한 시기에 영화를 보러 다닐 수 있었던 것도 히로아키가 내 몫까지 티켓을 사주었기 때문이었다.

히로아키가 음악회사를 관두고 전문학교 학생이 되었을 때, 그 역시 한숨이 절로 나올 정도로 빈곤해졌다. 겁도 없이 갑자기 사진같이 돈 드는 공부를 시작해버렸으니 당연했다. 히로아키는 생활비를 줄여서 관련장비들을 하나씩 사모으더니 급기야는 아르바이트를 두 개씩이나 시작했다. 데이트도 갑자기 검소해졌지만 나는 별로 신경쓰지 않았다. 백수였던 나를 그가 도와준 것처럼, 나도 나서서 그를 도왔다. 주말에는 진수성찬을 차려주고, 빨래도 대신 해주고, 때로는 큰맘 먹고 비싼 밥을 사주었으며, 카메라 부품을 선물하기도 했다.

그리고 또하나, '업무과다'. 편집 프로덕션에서 막 일을 시작했을 때에는 어떻게 일을 나눠서 처리해야 할지 감이 잡히지 않아서 다른 사람이 한 시간 만에 할 수 있는 일도 나는 세 시간이나 걸려야 했다. 퇴근은 항상 새벽 한두시 정도. 때로는 토요일 일요일에도 사무실에 나가야 했다.

히로아키가 담당한 뮤지션이 히트를 쳤을 때도 굉장히 바빴다. 히로아키의 수면시간은 평균 세 시간 정도였고, 월급이 올라도 옷을 사러 갈 시간이 없어서 늘 꼬질꼬질한 차림에다가, 밥도 제대로 못 먹어서 볼이 쑥 들어가, 영락 없는 폐인 꼴이었다.

그런 때에도 우리들은 시간을 그냥 내버려두지 않았다. 아직 휴대폰도 지금처럼 보급되어 있지 않던 시기였는데도 어떻게든 연락을 해서, 삼십 분이든 한 시간이든 서로 시간을 맞추어 약속을 잡아서 같이 식사를 하고, 술을 마시고, 머신건처럼 이야기를 쏟아냈다. 아무리 해도 만나지 못하는 날들이 일 주일 이상 이어지면 우리들은 상대방의 집으로 갔다. 자고 있어도 개의치 않았다. 잠든 얼굴을 바라보며 옆에서 잠깐 잠들었다가, 해 뜰 무렵 메모를 남겨놓고 회사로 갔다.

'병'도 있다. 내가 삼 일 동안 입원했을 당시, 줄곧 옆에 붙어 있어주었던 것은 가족도 친구도 아닌 히로아키였다. 속옷과 잠옷을 가져갔다가 세탁해서 다음날 다시 가져오고, 아이스크림과 만화책과 멜론을 끊임없이 날라다주었다.

히로아키는 큰 병치레는 없었지만 편도선이 약해서 곧잘 열이 나곤 했다. 아프다는 연락을 받으면 아무리 일이 바빠도 내버려두고 그의 집으로 달려갔다. 얼음과 약 몇 종류, 냄비우동 세트 혹은 계란죽 세트를 조달해서 양손 가득 들고 그의 아파트를 향해 뛰어갔다.

그리고 '다툼'. 물론 우리라고 해서 항상 사이가 좋았던 건 아니다. 사소한 다툼은 얼마든지 있었다. 일 주일 만에 만날 약속을 해놓고 동창 친구들이랑 마작을 하느라 그가 나를 바람맞혔을 때. 그가 처음으로 인화한 사진용지를 내가 쓰레기로 알고 버려버렸을 때. 서로의 예전 연인들에 대한, 뚜렷한 형체 없는 막연한 질투심. 결국 오해로 밝혀진 바람 의혹.

하지만 우리는 그런 것들을 전부 극복해왔다. 결혼식 때 주례가 읽는, 병든 때나 가난한 때나 어쩌고 하는 그 내용을, 우리는 아무런 선서 없이도 서로의 손을 잡고 실행해왔던 것이다.

그리고 그것은 앞으로도 계속 지속될 게 분명했다. 빈곤도 업무과다도 병도 다툼도 극복해온 우리들은 앞으로 무슨 일이 일어나도 끄떡하지 않을 것이었다.

그러나, 그게 나 혼자만의 생각이었다니.

할 얘기가 있어, 하고 히로아키가 나를 불러낸 것은 지난주 일요일이었다. 최근 프리랜서가 되어 시간이 남아도는 히로아키와 달리, 나는 새로운 기획을 진행하는 그룹의 부주임에게 발탁당해 몇번째인지도 기억나지 않는 긴급사태에 돌입해 있었기 때문에, 이렇게 약속을 정해서 만나는 것은 이 주일 만의 일이었다. 오랜만에 맞는 휴일이니 저녁때까지 뻗어서 잠만 자고 싶었지만, 히로아키의 목소리가 너무 절실하게 들려서 점심때쯤 일어나 샤워를 하고 나갔다.

흠, 그렇게까지 내가 보고 싶나보군, 이라고 생각했던 나는 진정 바보였다. 그렇게 만나고 싶어한다면야 뭐, 하고 공을 들여 화장을 하고 휘파람을 불면서 이것도 별로야 저것도 별로야 하고 옷을 맞춰보던 나는, 정말정말 너무나도 바보였다.

히로아키가 오라고 한 곳은 몇백 그루의 벚나무가 서 있는 유명한 공원이었다. 히로아키와 몇 번이나 벚꽃놀이를 갔던 곳이었다. 둘이서 나무 아래를 산책한 적도 있고, 학창 시절 친구와 서로의 지인들을 불러모아 성대한 술자리를 가진 적도 있다.

하지만 그때는 벚꽃은 벌써 다 져버리고 푸릇푸릇한 잎이 일제히 고개를 내밀기 시작한 시기였다. 그러고 보니 올해는 벚꽃놀이를 못 했네, 할 얘기가 있다며 불러내서 그나마 남아 있는 것들로 벚꽃놀이를 하자는 센스가 아닐까, 등등 태평한 생각을 하면서 나는 공원으로 발걸음을 재촉했다.

공원 입구에 휴게소 겸 찻집이 있다. 가게 앞에 빨간 천을 깐 의자가 몇 개 놓여 있는 집이다. 히로아키는 먼저 도착해서 의자에 걸터앉아 캔커피를 마시고 있었다. 나는 찻집에서 팔고 있는 오뎅을 사와서 그 옆에 앉았다. 무와 오뎅을 반으로 잘라서, 먹을래? 하고 묻자 히로아키는 아무 말 없이 고개만 옆으로 저었다. 정종 한잔 마실까? 하고 물어도 또 고개를 저을 뿐이었다. 웃지도 않고 무뚝뚝한 표정이었다.

그래도 나는 히로아키가 무슨 말을 하려고 하는지 알아채지 못했다. 요즘 들어 연락을 잘 못 해줘서 삐쳤나 싶어 오뎅과 삶은 달걀을 하나씩 통째로 그에게 양보했다. 히로아키는 괜찮다고 했지만 억지로 밀어붙이듯이 건네주자 마지못한 듯 받아들고는 한입에 먹어버렸다.

좀 걸을까, 하고 자리에서 일어난 히로아키는 내가 오뎅 그릇을 버리고 올 때까지 기다리지도 않고 성큼성큼 걸어가버렸다. 나는 황급히 뒤를 쫓아갔다. 여운을 남기며 져가는 벚꽃을 초록색 잎이 성대하게 장식하고 있었다. 공원 안은 가족끼리 나온 사람들과 커플들로 북적이고 있었고, 고개를 들어 올려다보니 초록색 벚나무 너머로 너무 파래서 하얗게까지 보이는 하늘이 있었다.

그리고, 겨우 따라잡아 옆에 선 나에게 갑자기 히로아키가 말했다. 좋아하는 사람이 생겼어.

좋아하는 사람이 생겼어, 좋아하는 사람이 생겼어, 좋아하는 사람이 생겼어, 좋아하는 사람. 나는 나사가 빠진 것처럼 그 말을 머릿속에서 몇 번이고 반복했다. 그리고 서투른 농담이라고 결론을 내렸다.

"그래서?" 나는 물었다.

그래서, 헤어졌으면 해. 히로아키는 말했다. 전혀 웃는 기색 없이, 나와 눈을 마주치려 하지도 않고.

히로아키가 좋아하게 된 사람은 그와 마찬가지로 프리랜서 사진가로 활동하는 서른한 살의 여자로, 히로아키가 그 여자의 개인전을 보러 갔다가 알게 되었다고 했다. 수백 그루의 벚꽃으로 가득 찬 봄 햇살이 넘치는 공원에서, 히로아키는 담담하게 말했다.

그 전시회에 걸려 있던 사진은 모두 누군가의 방을 찍은 것들이었다. 인기척이 없는 방. 전구와 창문, 창가에 장식된 인형, 좌변기와 샤워기, 빈 냄비, 벗어던진 슬리퍼와 머리 눌린 자국이 남아 있는 베개.

굉장했어. 히로아키는 말했다. 사람이 없는 방을 찍어서 그 방에 사는 사람을 짐작하게 만드는 사진이라면 본 적이 있지만, 그녀의 사진은 철저하게 사람을 배제하고 있었어. 그렇기에 거기에 찍힌 생활의 일부는 지독히도 무기질적이고 또 그로테스크한 것이었어. 사람의 생활이란 엄청나게 비정상적이라고, 엄청나게 그로테스크하다고 생각하게 만드는 사진이었어.

그녀의 사진에 대해 이야기할 때 히로아키는 유일하게 말투에 열기를 띠었다. 나는 옆에서 걷는 히로아키의 얼굴을 바라볼 수 없었다. 무서웠던 것이다. 그 이야기를 하는 그의 눈빛을 확인하는 것이.

그래서 이 사진을 찍은 사람을 꼭 만나보고 싶어져서, 실례를 무릅쓰고 접수처에 있던 그녀에게 다가가 갑자기 술 한잔 하지 않겠냐고 청했고, 초면임에도 불구하고 술집에

서 일곱 시간이나 이야기를 나누었다고, 역시 담담한 말투로 히로아키는 말했다.

팔 년 동안 사귀었다는 건 이런 거구나. 보폭을 맞추면서 나는 멍하니 생각했다. 좀더 사귄 시기가 짧은 사람이라면 지금 차려고 하는 상대에게 새로운 누군가에 대해 이렇게 열심히 이야기하지도, 어떻게 만났는지 이렇게 상세하게 보고하지도 않겠지. 그가 이렇게 하나하나 나에게 설명해주고 있는 것은 나를 상처주고 싶지 않아서가 아니라, 나라면 이해해줄 거라는 확신을 갖고 있기 때문이다. 그가 그녀의 어떤 점에 끌렸고, 어떤 점에 가슴이 두근거렸으며, 어떤 점을 원하게 되었는지를.

일곱 시간 후 술집을 나왔을 때 나와 헤어질 결심을 했다고 말하면서, 갑자기 미안한 듯이 히로아키의 목소리가 작아졌다.

"그렇지만 우리가 헤어질 수 있을까?"

무슨 일이 일어나려는지도 모르는 채로 조건반사처럼 나는 그렇게 중얼거렸다.

그러자 히로아키는 나를 가만히 내려다보더니 조용하게

이렇게 말했다. 우리들의 선은 겹쳐지지 않아, 라고.

일 년 동안 계속 생각해왔어. 난 분명히 너를 좋아하고, 함께한 시간도 정말 즐거웠어. 아주 작은 것부터 큰 것까지 도움을 받았지. 하지만 우리는 서로 다른 방향을 향하고 있어. 한 사람이 앞으로 나아가기 위해 발걸음을 내디딜 때, 다른 한 사람은 꼭 다른 방향을 향해버리는 거야. 그 선은 겹쳐지지 않아. 아마 이대로 점점 멀어지게 될 거야.

히로아키가 하는 말은 신기할 정도로 잘 이해가 되었다. 슬픔과는 차원이 다른 느낌이었다. 정말로 잘 이해가 되었다.

"그래도, 다른 방향을 향해 걸어가는 상대를 응원할 수는 있잖아."

나는 말했다. 실제로 우리는 지금까지 그렇게 해왔던 것이다. 병든 때나, 가난한 때나.

하지만 우리 눈앞에 있는 것들은 항상 다른 풍경이었어. 우리는 아무것도 만들어낼 수가 없어. 요 몇 년 동안 우리는, 자신에게는 보이고 상대에게는 보이지 않는 풍경을 서로에게 단지 열심히 설명하고 있을 뿐이었어. 그리고 지금 나에게는 그런 것들이 너무도 힘들어.

우리 옆으로 손을 맞잡은 커플이 스쳐 지나갔다. 팔 년 전의 우리와 같은 나이 정도로 보였다. 여자가 발돋움을 해서 남자의 머리에 떨어진 꽃잎을 떼어내어주었다. 스쳐가는 그들이, 팔 년 전의 우리의 모습이 되살아난 것 같다는 착각이 들었다.

"그럼 그 여자 카메라맨은, 같은 방향을 보고 있다는 거네?"

비꼬는 투로 말했지만, 히로아키는 진지한 얼굴로 응, 나는 그렇게 생각해, 라고 대답했다.

"나도 사진이나 시작해볼까."

농담으로 한 말이었는데, 히로아키는 그런 게 아냐, 하고 또 진지한 얼굴로 말했다.

"마음을 정했다면 어쩔 수 없네."

나는 그렇게 말하며 웃어 보였다. 지금 당장 하늘에서 외계인이 내려와 지구를 정복해버렸으면 좋겠다고 생각하면서.

"미안해."

도리어 자신이 상처받은 양, 히로아키가 말했다.

뒤돌아보니, 팔 년 전의 우리의 모습은 가족 동반 나들이 객들과 산책 나온 대형견들에 섞여 더이상 보이지 않았다. 넘쳐흐를 듯한 벚나무 잎사귀들이 산들거리는 바람에 쏴 아쏴아 소리를 내며 흔들리고 있었다.

하느님. 믿지도 않는 누군가를 향해 나는 가슴속으로 속 삭였다. 하느님, 당신을 오늘부터 며칠 동안 저주하겠지 만, 그래도 딱 하나 감사하고 싶은 게 있어요. 몇 시간 전, 이렇게 꾸미고 나올 시간을 줘서 고마워요. 팔 년 동안 함께 했던 남자에게 마지막으로 보여주는 모습이 이래서 다행이 에요. 다크서클이 생긴 맨얼굴에 무릎이 튀어나온 청바지 차림이 아니라서 다행이에요. 그것만은 감사할게요. 그러 니까 기도할게요. 그가 떠올리는 내 모습이 오늘의 이 모습 이기를. 그 자리에서 울부짖으면서 욕설을 퍼붓지 않기 위 해, 나는 마지막 말을 주문처럼 몇 번이고 되풀이했다.

그리고 오늘이, 팔 년 만에 혼자서 맞는 아무 약속 없는 주말이다.

지난주 일요일에는 최후의 만찬이라며 히로아키를 공원 근처에 있는 꼬치구이집에 끌고 가서 잔뜩 술을 마시고 헤어졌었다. 잔을 기울이는 사이에 헤어져도 아무 지장이 없겠다는 생각이 들어서, 역에서는 웃는 얼굴로 바이바이 하고 손을 흔들었다. 고마워, 정말로 감사하고 있어. 나도야, 정말 고마워. 이런 분위기 있는 말들을 진지한 얼굴로 서로 나누고 헤어져서는, 돌아오는 길에 취기가 가시지 않도록 캔맥주를 봉지가 터질 만큼 잔뜩 사와서 집에서 혼자 계속 마시다가, 마시면 마실수록 헤어지길 잘했다는 생각이 들어서, 그래서 의기양양하게 이제 일해야지, 열심히 일이나 해야지 하고 소리내어 말하고는, 한 달에 한 번 쓸까 말까 한 일기장에도 펜을 꾹꾹 눌러 그렇게 썼다.

다음날인 월요일에도 숙취로 뻗어 있을 여유가 없었다. 지끈대는 머리를 붙잡고 아침에 제일 일찍 사무실에 나가서 잔뜩 쌓인 일거리를 묵묵히 해치웠다. 열시를 지나 하나둘씩 나타나기 시작한 사원들이 술냄새를 풍기며 일을 하고 있는 나를 보고 입을 딱 벌렸다.

일은 해도 해도 끝이 안 날 정도였다. 그날도 막차에 아슬아슬하게 올라탄 나는 속으로 중얼거렸다. 좋아, 이대로 계속 일에 치이다보면 히로아키가 곁에 없다는 사실을 의식하지 않고 넘어갈 수 있어.

그런데, 목요일에 회사에 가보니 하루아침에 그 기획이 취소되어 있었다. 스폰서였던 제약회사가 일이 다 끝나가는 마당에 손을 떼버린 것이다. 갑자기 한가해지고 말았다. 어제는 금요일이었는데도 집에 돌아와보니 일곱시 반이었다.

그리고 아무런 약속도 없는 토요일. 해가 질 때까지 자버리겠다고 마음먹었지만 열시 전에 번쩍 눈이 뜨인 후로 더이상 잠이 오질 않았다. 하는 수 없이 일어나 커피를 끓여마셨다. 커튼을 걷자 바깥은 쾌청하고, 옆집 정원의 나무들은 터질 듯이 선명한 초록색 이파리를 하늘거리고 있다. '혼자'라는 말에 너무나도 어울리지 않는 상쾌한 5월.

머리를 자를까. 커피를 다 마시고 마음을 다잡듯이 커다란 목소리로 그렇게 말해보았다. 실연에는 역시 헤어커트지. 목소리와는 반대로 나는 꾸물대면서 잠옷을 벗고, 바지에 다리를 밀어넣었다.

"아주 짧게 쳐주세요."

왠지 쑥스러운 이 말을, 나는 근처 미용실에서 소리내어 말하고 있다. 처음 와본 미용실이다. 나보다 훨씬 어려 보이는 미용사가 "그럼 한번 가볼까요~" 하고 경쾌하게 말하는 것을 한 귀로 흘려들었다.

사각사각. 귓전에서 기분 좋은 소리가 들린다. 문이 있는 쪽 전면이 유리로 되어 있어서 상점가가 내다보인다. 지난주 일요일과 다르지 않은 맑은 날씨라서 왠지 배신당한 듯한 느낌이 든다. 나에게 무슨 일이 일어나든 세상은 변함없이 계속해서 앞으로 나아가는 것이다. 아침이 오고 밤이 오고, 여름이 오고 가을이 되고, 꽃이 피고 잎이 그것을 감추고, 이윽고 잎도 변색되어간다. 나는 눈을 감는다. 아무것도 생각하지 않을 수 있도록. 사각사각사각. 가위 소리만이 커져간다.

한 시간 정도 지나, 거울 속에 낯선 여자가 나타난다. 매끄러운 이마, 시원하게 드러난 목덜미.

"짧은 머리도 잘 어울리시네요. 전보다 훨씬 예뻐요."

젊은 미용사의 말에 거울 속의 여자는 곤혹스러운 듯이

웃고 있다.

오천이백 엔입니다. 카운터에 가서 가방에서 지갑을 꺼내려는 순간, 은색 열쇠가 소리를 내며 바닥에 떨어졌다. 나는 당황해서 얼른 강아지 열쇠고리가 달린 그 열쇠를 주워들었다. 아무 일도 없었다는 얼굴로 만 엔짜리 지폐를 내밀고, 거스름돈을 받고, 미용사에게 인사를 하고 미용실을 나왔다. 목덜미에 바람이 스치는 것이 느껴졌다. 걸어가면서 아까 떨어뜨렸던 열쇠를 꺼내어 가만히 바라보았다.

히로아키의 집 열쇠. 서로 너무 바빠서 만날 시간을 낼수 없었던 때 히로아키가 준 것이다. 강아지 열쇠고리도 처음부터 달려 있었다. 이걸 받아들었을 때의 기분을 지금도 기억하고 있다. 단지 비상열쇠를 받은 것뿐인데도, 세상을 향해 열린 문의 비밀의 열쇠를 받은 듯한 장대한 기분이었다. 이것을 꽂고 문을 열면 온 세상이, 아스팔트에 달라붙은 껌과 말라붙은 개똥마저도 상상할 수도 없는 커다란 의미를 갖고 그곳에 존재하는 소중한 것이 되는, 그런 열쇠. 그 정도로 기뻤던 것이다. 이렇게 작은 은색 열쇠 하나에.

그리고 지금, 신기하게도 그때와 같은 기분이 몸 속 가장 깊은 곳에서부터 천천히 피어오르는 것을 나는 느낀다. 이제는 더이상 이 열쇠가 열어주는 집에 두 번 다시 들어갈 수 없는데도.

앞으로는 쓸 일이 없을 그 비상열쇠를, 나는 힘주어 쥐었다. 이것은 분명 팔 년 동안 함께했던 가장 가까운 사람에게 받은 마지막 선물일지도 모른다. 이 열쇠로, 나는 세상의 문을 열었던 것이다. 누군가와 함께 있는 것, 믿는 것, 사랑하는 것, 뛰어넘는 것, 포기하는 것, 한계에 부딪히는 것, 위를 올려다보는 것, 마음껏 우는 것, 질투를 하는 것, 걸어나가는 것, 앞으로 나아가는 시간을 바라보는 것, 전부 이 열쇠로 열었던 문의 안쪽에 있었다. 그것들은 이제 이미 내 손안에 있고, 앞으로도 계속 잃지 않을 것이다. 지금, 쓸모없어진 비상열쇠는 그것을 내게 알려주고 있다. 언젠가 히로아키의 얼굴을 떠올릴 수 없을 정도로 시간이 흘러도, 이 열쇠는 어디선가 불쑥 튀어나와 나에게 다시 한 번 이렇게 알려주겠지.

아직 희망이 남아 있어. 세상이든, 사랑이든.

Presents #7

베일

드레스를 다 입고 주위를 둘러보았지만 실내에는 전신
거울이 없다. 대걸레를 빠는 세면대 앞에 달린 거울에는 가
슴 언저리까지밖에 비치지 않는다. 등 뒤에서 나타난 엄마
는 아무래도 그냥 예식장에서 할걸 그랬다며 또 투덜투덜
잔소리를 하고 있다.

　나와 가즈야는 작은 교회에서 결혼식을 올리기로 했다.
둘 다 기독교 신자는 아니지만, 예식장을 빌리는 건 왠지
낯 뜨거워서 내키지 않았던 것이다. 커다란 식장에서 풀코
스 요리와 함께 축하를 받으며 결혼생활을 시작하는 건 왠
지 달갑지 않았다. 하지만 식은 올리고 싶었다. 그래서 신

혼집을 마련한 동네에 위치한 아담한 교회에 석 달 동안 열심히 다니면서 6월 말에 결혼식을 할 수 있게 해달라고 한 것이다.

정면에는 낮은 무대가 있고, 그 위에 파이프오르간과 업라이트 피아노, 그리고 목사님이 설교를 하는 단상이 있다. 무대 양쪽에 창고가 있어서 그곳을 각자의 대기실로 쓰기로 했다.

오른쪽 방은 신부인 나, 왼쪽 방은 신랑인 가즈야.

유년부 아이들이 부활절 예배 때 썼던 의상과 소도구, 대걸레와 청소기와 양동이 등이 가득 차 있는 답답한 공간에서, 나는 낑낑대며 겨우 웨딩드레스를 입고 가슴까지밖에 비치지 않는 거울을 들여다보고 있다.

"근데 그건 어쨌니? 그 왜, 머리에 쓰는 그거."

한바탕 불평을 늘어놓은 엄마가 상자에서 흰색 하이힐을 꺼내면서 묻는다. 큰맘 먹고 기모노로 성장을 한 엄마가 움직일 때마다 나프탈렌 냄새가 짙게 풍긴다.

"아, 베일?"

나는 시간을 확인하려고 벽으로 시선을 옮겼다. 하지만

군데군데 얼룩이 져 있는 흰 벽에는 시계가 걸려 있지 않다.

"지금 몇신데?"

"좀 있으면 두시 반이야. 설마 잊어먹은 건 아니지?"

엄마는 구석에 잔뜩 쌓아놓은 짐들을 파헤치면서 나무라는 투로 말했다.

"누가 가져다주기로 했는데……"

마찬가지로 불안해진 나는 작은 목소리로 웅얼거렸다.

"뭐? 누구한테? 혹시라도 늦으면 어쩌니? 그게 없으면 애, 영 모양새가 안 난단 말야."

식은 세시에 시작이다. 호들갑 떠는 엄마의 목소리에 나도 초조해지기 시작했다. 그때 똑똑 노크하는 소리가 들리더니 친척들 몇 명이 창고 문 사이로 얼굴을 내밀었다. 엄마는 언제 그랬냐는 듯 화사한 미소를 띠고는 문 쪽으로 다가갔다.

"어머, 사토짱 너무 예쁘다", 연보라색 투피스를 입은 히사코 숙모가 새된 목소리로 칭찬하고, "후미히로가 이 모습을 봤으면 좋았을걸" 하고 아키히로 삼촌은 돌아가신 아빠 이름을 말하면서 벌써부터 눈물이 그렁그렁하다. "보고 있을 거예요, 오빠는 꼭 하늘에서 보고 있을 거예요." 기모노를 입은 쓰타에 숙모는 연극 대사를 읊는 듯한 말투로 삼촌을 위로한다. 문 사이로 얼굴만 내민 채로 한바탕 수다를 떨던 삼촌 숙모 들은 곧 뜨악한 표정으로 창고 안을 한 바퀴 휙 둘러보고는 "그럼 기대하고 있으마" 하고 문을 닫았다.

"저것 봐, 다들 표정이 이상하잖니. 이런 데서 웨딩드레스를 갈아입다니, 꼭 토끼우리에서 시집가는 것 같다, 얘."

엄마는 미간을 찌푸리며 한숨을 쉬었지만, 나는 저도 모르게 피식 웃음을 터뜨렸다.

"웬 토끼우리?"

그 순간, 노크도 없이 갑자기 문이 힘차게 열리더니 여자들 몇 명이 우르르 밀려들어왔다. 창고 안이 갑자기 향수 냄새로 가득 찬다.

"미안해, 늦었지?"

치히로는 광택 있는 회색 드레스를 입고 있다.

"나오미가 지각했어."

에리코는 엷은 분홍색 원피스.

"아냐, 내 말 좀 들어봐. 치히로가 나한테 준 게 어제 저녁이었다구. 바느질 다 하고 나니까 새벽 네시였단 말야."

검은색 바지정장을 입은 나오미는 정말 수면부족인 듯 눈이 빨갛게 충혈되어 있다.

"내 탓이 아냐. 그 전에 유리에가 너무 오래 붙잡고 있었는걸."

치히로가 입술을 삐죽이고,

"얘긴 나중에 하고 빨리 꺼내기나 해."

파란색 슬리브리스 드레스를 입은 유리에가 커다란 종이가방을 들고 있는 나오미에게 말했다. 그녀들의 기세에 압도당한 엄마는 창고 구석에서 입을 딱 벌리고 이쪽을 쳐다보고 있다.

넷은 옷자락이 바닥에 닿는 것도 개의치 않고 쪼그리고 앉아 종이가방에서 둥근 상자를 조심스럽게 꺼냈다. 모자가 들어 있는 듯한 그 상자에는 짙은 남색 리본이 묶여 있다. 유리에의 희고 가는 손가락이 스르륵 리본을 풀어낸다. 어느새 나도 친구들 옆에 같이 쪼그리고 앉았다. 펄핑크 매니큐어를 칠한 나오미의 손이 짐짓 자랑스러운 듯 천천히 뚜껑을 연다.

"우와!"

나는 저도 모르게 소리를 질렀다. 치히로가 안에 들어 있는 베일을 유리 세공품을 다루듯이 가만히, 조심스럽게 꺼내들어 내 머리 위에 천천히 씌워주었다. 그리고 다들 탄성.

"굉장해, 멋지다!" "우리 너무 센스 좋지 않니?" "저기 거울 좀 봐봐." "나중에 핀으로 고정시켜줄게." "대성공이다! 밤샌 보람이 있어." "봐, 사토짱, 여기 좀 봐." 그녀들은 새된 목소리로 쉴새없이 떠들어대면서 나를 일으켜세워 거울 앞으로 데려갔다.

가장자리가 군데군데 녹이 슬어 있는 장방형의 작은 거울 앞에서 허리를 숙여본다. 베일을 쓴 내 모습이 비친다. 오건디로 만든 베일은 마치 패치워크처럼 여러 종류의 레이스와 프릴이 서로 덧대어져 있고, 머리 윗부분에는 생화가 의기양양하게 달려 있다.

"신부는 결혼식날 '섬싱 블루'를 지녀야 된다고들 하잖아. 그래서 완전히 흰색이 아니라 파란색 꽃도 섞었어."

"'섬싱 올드'도 있어야 된대지? 그래서, 봐, 여기 꽂혀 있는 핀은 내가 초등학교 때 쓰던 거야."

"핀으로 고정해보자, 사토짱, 잠깐 앉아봐."

나는 그 자리에 엉거주춤하게 쪼그리고 앉았다. 손재주가 좋은 에리코가 베일을 핀으로 고정해주었다. 에리코에게서 풍기는 달콤한 향수 냄새가 코끝을 간질였다. 가만히 웅크리고 있는 나를 바라보는 치히로와 나오미의 얼굴 윤곽이 갑자기 흐려진다.

"어머, 울면 안 돼! 마스카라가 번지잖아." 유리에가 외치고, "나이 먹으니까 눈물이 많아지지?" 에리코가 웃고, "어떡해, 사토짱 정말 이쁘다." 나오미는 손가락으로 자기 눈 밑을 누르고, "너까지 따라 우니?" 치히로가 못 말린다는 듯이 웃는다. 끊임없이 조잘대는 그녀들의 대화와, 그녀들의 옷의 색깔과, 서로 섞여 실내를 가득 채우는 향수 냄새로 방 안은 더이상 썰렁하고 초라한 토끼우리가 아니라 이미 파티장처럼 화사하게 변해 있었다.

치히로, 나오미, 에리코, 유리에, 그리고 나. 우리들 다섯명은 고등학교 때 같은 반이었다. 신학기 초에 제비뽑기로 정한 자리가 서로 붙어 있었던 것이다. 자리가 가깝다보니 자연스럽게 같이 도시락을 먹게 되었고, 그러다보니 다함께 하교하게 되었고, 어느새 항상 다섯이서 붙어다니게 되었다. 2학년으로 올라가 반이 갈리고 나서도 우리들은 같이 모여서 도시락을 먹고, 수업이 끝난 뒤에 따로 만나서 다같이 집에 갔다. 그리고 십오 년 후, 서른 살이 된 우리들은 열다섯 살 때와 하나도 변함이 없이 서로 만나서 밥을 먹고, 누군가의 집에 자러 가기도 한다. 치히로가 고등학교 때부터 사귀던 애인한테 차였을 때는 노래방 야간정액제를 끊어 같이 놀면서 위로해주었고, 유리에가 1지망이던 출판사에 채용이 결정되었을 때는 프랑스 요리로 축하해주었고, 나오미가 스물다섯에야 "처음으로 좋아하는 사람이 생겼어" 하고 진지한 얼굴로 고백했을 때는 모두들 심각하게 연애상담을 해주었고, 에리코가 맨션을 사겠다고 결심했을 때는 다함께 집을 보러 다녔다.

　나와 가즈야가 결혼하기까지의 과정 역시 이 넷 모두 상세하게 알고 있다. 가즈야와 사귀기 시작한 것은 스무 살 때였다. 그녀들은 처음으로 연애라는 것을 하게 된 나의 팔불출 애인 자랑을 한숨을 푹푹 쉬어가면서도 열심히 들어주었다. 그러다 사 년 후, 내가 당시 다니던 화장품 회사에 새로 입사한 남자를 좋아하게 되었을 때도 그녀들은 가즈야가 더 낫다, 아니다 새로운 사람도 한번 만나봐야 한다, 하고 이러쿵저러쿵 의견을 내놓으며 자기 일처럼 고민해주었다. 결국 나는 가즈야와 헤어졌는데, 알고 보니 그 새로운 상대는 여자를 엄청 밝히는 바람둥이였다. 가즈야와 헤어지고 반년 만에 완전히 그에게 놀아나게 된 내 모습을 보고 따끔하게 질책해준 것 역시 그녀들이었다. 그에게는 자기가 진정한 그의 애인이라고 믿고 있는 여자가 둘 있었는데, 그 둘과 만나지 못하는 때나 둘이 각자의 존재를 알게 되어 트러블이 생기기 시작했을 때에야 그는 피난하듯 나에게 왔던 것이다. 그러면서도 정작 내 곁에 있어주길 바랄 때는 결코 내 바람을 들어주지 않는 남자였다.

사람의 기분이란 푸딩 같은 것이라고 당시의 나는 생각했었다. 틀 가득히 넘칠 만큼 푸딩액이 차 있지 않으면 제대로 된 푸딩을 만들 수 없다. 그렇기 때문에 푸딩액이 흘러나가서 부피가 부족해질 때마다 다시 채워넣어야 하는 것이다. 그는 내게 있어 푸딩틀에 뚫려 있는 작은 구멍 같은 존재였다. 나의 푸딩액은 틀 속에 가득 차 있지 못하고 그 작은 구멍에서 계속 뚝뚝 떨어지고 있었고, 나는 그 비어 있는 공간을 다른 것으로 채우기 위해 심혈을 기울여야 했던 것이다.

스물여섯부터 이 년 동안은 내 인생에서 가장 엉망진창인 시기였다. 그에게서 채우지 못하는 부분을 거의 지나가는 사람과 다름없는 상대에게서 찾으려 했다. 바에서 옆자리에 있던 사람, 클럽에서 부킹한 남자, 술자리에서 알게 된 친구의 친구, 어쩌다 우연히 만난 대학 동창. 나와 내 일상과는 일절 관계없는 그 사람들과 아무렇지도 않게 관계를 맺었다. 당시 유리에의 애인이었던 남자와 술을 마시다가 취해서 같이 호텔에 가기까지 했었다. 그러나 어찌 된 일인지, 하룻밤 동안은 가득 차 있는 것처럼 보였던 푸딩액은 다음날 아침이 되면 다시 눈에 띌 만큼 줄어버려서, 푸딩은 좀처럼 완성되지 않았다. 아니, 완성되기는커녕 시간이 지날수록 모양이 조금씩 찌그러져만 갔다.

나는 그런 사실을 네 명의 친구들에게 숨기고 있었다. 말하면 경멸할 게 분명했다. 그녀들에게만은 경멸받고 싶지 않았다. 그녀들과는 이전과 다를 바 없는 사이를 유지하고 있었다. 한 달에 두세 번 식사를 하고, 막차를 놓치면 외박을 했다. 누군가의 사랑의 행방에 대한 이야기를 듣고, 직장생활의 불만과 근황을 이야기하고, 연휴 여행계획을 짜고, 바보 같은 화제로 들떠서 함께 웃었다.

그리고, 언제던가―어딘가의 레스토랑이었는지, 아니면 시끌벅적한 술집 구석이었는지 기억은 안 나지만, 아무튼 자정을 훨씬 넘긴 늦은 시간에 에리코가 뜬금없이 이야기를 꺼냈다. 무슨 짓을 하더라도, 어떤 모습을 보이더라도, 너는 너고, 네가 갖고 있는 아름다움을 잃는 일은 절대 없을 거야, 단지 나는, 그 아름다운 부분을 소중하게 생각하지 않는 사람만은 용서할 수 없어. 그런 부분을 자기 스스로 짓밟아버리는 사람 말이야.

무슨 소리니? 나는 아마 멍하니 되물었을 것이다. 다른 친구들은 에리코의 말을 못 들은 척하면서, 계속해서 술과 안주를 시키고 젊은 남자 종업원들의 품평을 늘어놓고 있었다.

있잖아, 우리는 어째서 이렇게 오랫동안 친구로 지내고

있는 걸까? 우연히 고등학교 때 같은 분단에 앉게 된 것뿐인데 말야. 난 있지, 우리 모두 예쁘다고 생각하는 것, 아름답다고 생각하는 것이 일치했기 때문이라고 생각해. 같이 도시락을 먹으면서 보냈던 그 삼 년 동안, 아마 우리들은 같은 것을 보고 아름답다고 생각할 수 있게 되었을 거야. 그래서 친구로 지낼 수 있었던 거야. 더럽고 추하다고 생각하는 것만 같았다면 이렇게까지 친해질 수 없었어. 아름답다고 생각하는 것이 같지 않으면 함께 세월을 보내면서 살아갈 수 없는 거라구.

에리코는 진지한 얼굴로 말했다. 그러나 나는, 뜬금없이 왜 그런 추상적인 얘길 하고 그러니, 하고 우스갯소리로 넘겨버리고는 벌떡 일어나 화장실로 가버렸다. 변기에 걸터앉은 채로 한참을 울었다. 전부 알고 있어. 내가 무슨 짓을 하고 있는지, 얼마나 엉망인지, 에리코는 전부 알고 있어. 그런데도 저애는 나를 책망하지 않아. 나는 나 자신이 아름답다고 생각하지 않아. 오히려 더럽다고 생각해. 진심으로. 그런데도 에리코는 내 속에서 거의 죽어가고 있던 부분을 양손으로 감싸고서는 바보같이 지키려고 하고 있어. 코를 풀려고 화장지를 잡아당기자, 은색 덮개가 흔들리면서 달캉달캉 소리를 냈다.

가즈야와 다시 만난 것은 일 년 반 전, 스물여덟 살 때였다. 에리코를 비롯한 넷과 함께 여느 때와 다름없이 술 약속을 하고 모인 베트남 요리 전문점에서, 동료와 함께 와 있던 그와 우연히 마주친 것이었다. 우리들은 어색하게 짧은 인사만을 나누고 각자의 자리로 돌아와 계속 술을 마셨다. 가즈야와 그 일행이 먼저 가게를 나갔다.

쫓아가! 갑자기 에리코가 외쳤다. 어서, 빨리 쫓아가! 그러자 모두들 입을 모아 일제히 외치기 시작했다. 그래, 어서 가, 가즈야를 붙잡아! 가방까지 빼앗아들고, 그녀들은 나를 쫓아내듯이 가게 밖으로 내몰았다. 몇 미터 앞에 동료들과 헤어져 혼자 걸어가고 있는 가즈야의 뒷모습이 보였다. 그것이 꼭 깊은 산속에서 발견한 민가의 불빛 같아 보여서, 나는 있는 힘껏 그쪽으로 달려갔다.

"정말, 사토짱이 제일 먼저 결혼하게 될 줄이야."
베일의 위치를 바로잡아주면서 에리코가 말했다.

"우리 너무 요즘 여자들 같지 않니? 서른 살에 첫 신부가 나오다니."

유리에는 재떨이를 찾는지 주위를 두리번거리고 있다.

"다음 차례는 나오미네."

나는 말했다. 나오미는 올해 가을에 결혼할 예정이다.

"선물 뭐 받으면 좋을까."

"이 베일 돌려가면서 쓰는 건 어때?"

"그런 건 싫어. 이왕이면 다같이 웨딩드레스를 만들어주면 어때?"

나오미가 고등학교 때처럼 볼을 부풀리면서 말해, 우리는 함께 웃었다.

"어머나, 다들 너무 고마워요. 이렇게 예쁜 걸 다 만들어주고."

기관총같이 다다다 쏟아져나오는 수다에 눌려 있던 엄마가 겨우 제정신으로 돌아온 듯 대화에 끼어든다. 그녀들은 그제서야 엄마의 존재를 알아차리고는 그간 별일 없으셨나요, 진심으로 축하드립니다, 등등 갑자기 어른스러운 인사를 나누었다. 그때 갑자기 노크 소리가 들리면서 파이

파이프오르간 연주자가 얼굴을 내밀고는 "곧 시작해요" 하고
생긋 웃으며 말했다.

어쩌면…… 나는 가끔 이런 생각을 한다. 어쩌면, 그날
그 가게에 가즈야가 있었던 건 우연이 아니었을지도 모른
다고. 그래도 나는 아무것도 묻지 않았다. 아무려면 어때.
가즈야를 다시 만나게 해준 것이 하느님이든 친구들이든,
나에게는 같은 의미인 것이다.

창고를 나오자 마침 가즈야도 반대쪽 방에서 나오고 있
었다. 턱시도를 입은 가즈야는 보통 때보다도 더 어린아이
같아 보였다. 나를 보고 오, 하고 놀라는 얼굴을 한다. 에리
코가 그를 향해 브이자를 그려 보이자 가즈야도 싱긋 웃으
며 같이 브이자를 해 보인다. 넷은 내 드레스와 베일을 다
시 한번 점검하고는 분주하게 소란을 피우며 자리에 가 앉
았다. 그녀들의 향수 냄새만이 은은하게 주위에 남았다.

새하얀 천이 깔린 버진로드를 엄마와 나란히 걸어가기
위해 나는 일단 교회 밖으로 나왔다. 장마가 끝난 여름 하
늘이 무척이나 높다. 산들거리는 바람에 프릴과 레이스가
가득 달린 새하얀 베일이 가만히 나부낀다. 햇살을 받아 마

치 베일이 스스로 빛을 내는 것처럼 반짝반짝 빛난다. 햇빛 아래에서 보니 바느질 자국들이 확실히 드러난다. 재봉틀로 박은 것처럼 꼼꼼한 부분은 분명 에리코겠지. 바늘땀 크기가 들쑥날쑥한 곳은 나오미. 앤티크 풍 레이스를 고른 것은 치히로. 힘들게 생화를 꽃아넣은 것은 유리에. 그녀들이 한바탕 소란을 피우며 천을 고르고 있는 모습이 마치 눈 앞에서 보는 것처럼 선명하게 떠오른다.

"흠, 꽤나 특이한 베일이구나."

엄마가 눈부신 듯 실눈을 뜨며 말한다.

"그치만 예쁘잖아?"

"뭐, 예쁘긴 예쁘네. 너한테 잘 어울려."

그래, 예쁘죠? 나는 마음속으로 말했다. 에리코가 한 말을 이제야 이해할 것 같다. '우연'이 우리를 엮어준 것이 아니다. 그녀가 말한 내가 갖고 있는 아름다움이란, 다른 친구들의 내면에도 모두 똑같이 존재하는 부분인 것이다. 우리들은 앞으로, 결혼하든 이혼하든 미혼이든, 남자한테 차이든 애인이 바람을 피우든 양다리를 걸치든, 직장에서 성공하든 실패하든 잘리든, 바닥에 넘어져 절망밖에 보이지 않든, 앞날이 두려워지든, 아주 어릴 때부터 계속해서 자신 안에 존재하고 있는 그 아름다운 무언가를 스스로 짓밟지 않도록, 부숴버리지 않도록 가만히 지켜나가야만 하는 것이다. 그때 에리코가 나에게 해준 것처럼, 무릎을 꿇고 앉아 양손으로 소중하게 감싸면서.

교회 안쪽에서 파이프오르간 소리가 들려온다. 도우미가 무거운 목재 문을 연다. 바깥이 너무 눈부신 탓에 열린 문 안쪽은 거의 어둠에 가깝다. 나는 짙은 나프탈렌 냄새를 풍기는 엄마의 팔짱을 끼고, 흰 천 위를 천천히 걸어가기 시작한다.

안으로 들어갈수록 어둠 속에서 희미하게 사람들의 모습이 보이기 시작한다. 한참 앞에 서 있는 가즈야가 어렴풋하게 보인다. 가즈야는 뒤돌아서서 나를 보고 있다. 카메라를 손에 쥔 에리코, 눈가를 손수건으로 훔치고 있는 아키히로 삼촌, 소녀처럼 양손을 가슴 앞에 꼭 모으고 있는 나오미가 보인다. 파이프오르간, 나무의자, 단상 위의 목사님, 화단을 화려하게 장식한 꽃들. 베일 너머로 보이는 세상은, 놀랄 정도로 온화하고, 숨을 삼킬 정도로 아름다웠다.

Presents #8

기억

삼 일 다음은 삼 개월, 삼 개월 다음은 삼 년……이란 말을 어디서 들어본 적이 있는데, 그게 무슨 뜻이었더라? 일기든 공부든 삼 일을 계속하면 삼 개월을 이어갈 수 있고, 삼 개월을 계속하면 삼 년을 이어갈 수 있다, 뭐 그런 뜻이었던 것도 같다. 아니면 연애나 결혼 얘기였는지도 모른다. 삼 일을 지내면 삼 개월 동안 잘 지낼 수 있다는. 혹은, 삼 일, 삼 개월, 삼 년마다 어떤 위기가 닥쳐온다는 뜻이었을까?

　그런 희미한 기억을 애써 심각하게 끄집어내려 하고 있는 것은, 우리가 올해로 결혼 삼 주년을 맞았고, 그리고 말할 것도 없이 위기의 한복판에 놓여 있기 때문이다.

요이치가 바람을 피웠다. 한마디로 하자면 간단하다. 요이치가 내가 아닌 다른 여자와 잤다. 이렇게 간략하게 설명되는 일이다. 흥, 나는 말 같은 건 믿지 않는다.

타월과 화장품과 갈아입을 속옷을 바닥에 늘어놓고 하나씩 보스턴백에 집어넣었다. 텔레비전도 켜지 않고 CD도 틀지 않고, 요리도 대화도 하지 않는 집 안은 놀랄 만큼 고요하다. 삼 년 동안 몰랐던 사실이다. 바닥에 주저앉아 고개를 들어 아무것도 놓여 있지 않은 부엌 식탁을 바라본다. 바람피운 것을 확인한 열흘 전부터, 나는 파업에 돌입해서 식사도 만들지 않고 청소도 하지 않고 있다.

요이치가 절대 바람피울 만한 사람이 아니라고 믿고 있었던 건 아니다. 정말이다. 그렇게 인기 없는 사람도 아닐 테고, 사랑이나 성적인 부분에 관해 결벽적인 성격도 아니니까. 게다가 나 역시 언제 누구와 그런 일이 생길지도 모르는 노릇이다. 결혼하기 전이나 지금이나 그런 생각에는 변함이 없다. 그러니까 용서할 수도 있다. 한 이 주일쯤 가사 파업을 하고, 얼렁뚱땅 넘어갈 수도 있는 일이다.

하지만 지금은 될 대로 되라는 기분이다.

바람피운 것이 발각된 건 소파에 내던져져 있던 요이치의 가방 때문이었다. 미리 단언해두지만 나는 절대 남편의 수첩이나 휴대폰이나 가방 속을 맘대로 뒤지는 여자가 아니다. 던지면서 가방이 열렸는지, 안경집이며 수첩이며 휴대폰이 튀어나와 소파에 흩어져 있었던 것이다. 그리고 수첩 표지에 핑크색 포스트잇이 붙어 있었다. 누가 봐도 머리 빈 젊은 여자의 필체란 것을 알 수 있을 만한 글씨로, '자기야♡'라고 씌어 있었다. 자기야아?

'자기야♡ 어젯밤은 너무너무 멋졌어♡ 담번에도 자기 비밀기지에 데려다줘'라고 씌어 있고, 그 밑에 초점이 흐릿한 스티커 사진이 붙어 있었다. 얼굴을 갖다대고 찬찬히 살펴보니, 갸름한 얼굴의 젊은 여자가 요이치와 뺨을 찰싹 붙인 채 웃고 있었다.

나는 잠시 소파 옆에 서서 수첩에 붙어 있는 포스트잇을 노려보았다. 복도 건너편 욕실에서 술에 잔뜩 취해 들어온 요이치의 콧노래가 들려왔다. 오렌지렌지의 노래다. 한물 간 록 음악밖에 안 듣던 남자가 갑자기 웬 오렌지렌지?

소파 옆에 선 채로 아까부터 계속 틀어져 있던 텔레비전의 시끌시끌한 소리와 요이치의 콧노래를 흘려들으면서 내가 생각한 것은, 이것은 경고가 아닐까, 하는 것이었다. 경고. 혹은 권고.

결혼한 지 삼 년째에 접어든 우리들의 생활은 거의 복사하기+붙여넣기와 같은 수준이었다. 매일 아침 간단하게 아침식사를 하고 경쟁하듯이 앞을 다투어 집을 나선다. 저녁에는 보통 내가 먼저 들어와서 요리를 하고, 여덟시가 조금 넘어 함께 식사를 한다. 몇 달에 한 번꼴로 영화를 보고, 연휴를 이용해서 근처로 여행을 간다. 변화가 없는 평온한 생활. 그것에 대해 서로 아무런 불만도 없었다. 하지만 요즘 들어 나는, 불만이 없다는 것과 만족하고 있다는 것은 전혀 다른 것이라는 사실을 깨달았다. '평온'은 곧 '따분함'이라고도 할 수 있지 않을까? 변화가 없다는 건 타성이나 같은 소리가 아닐까? 잠자리를 같이하는 횟수가 극단적으로 줄어든 것은 부부관계가 안정되었기 때문이 아니라 서로를 이성으로 보지 않게 된 탓이 아닐까? 지금 어떻게 손을 쓰지 않으면 한참 후에 뒤늦게 정신을 차려봤자 더이상 어쩔 수 없는 사태가 되어 있는 게 아닐까? 어느 날 문득 그런 생각이 들었다. 하지만 바쁜 일상 속에서 그런 생각도 금방 희미해져버려서, 결국 매일매일 똑같은 나날을 보내고 있었던 것이다.

여자가 보낸 메시지가 붙어 있는 수첩을 일부러 눈에 띄도록 놓아둔 건, 방심한 것이 아니라 역시 나와 같은 의문을 갖고 있던 그가 무언의 어필을 한 게 아닐까? 만약 그렇다면, 어떻게 하라는 거지? 스티커 사진 배경에 흩뿌려져 있는 꽃무늬를 바라보면서 나는 다시 생각했다. 아무리 집 안이라고 해도 일요일 내내 추리닝 바람으로 뒹구는 건 좀 그런가. 피부관리실이라도 가볼까. 데이트하자고 해볼까. 섹시한 속옷을 입어볼까. 맛있는 요리를 만들까. 관계의 활성화에 가장 효과적인 건 뭘까……

하지만 욕실에서 나온 요이치는 소파 옆에 우뚝 서 있는 내 시선이 예의 경박한 포스트잇에 가 있는 것을 보자, 내가 도리어 놀랄 정도로 황급하게 달려와서 포스트잇을 떼어내 동그랗게 구겨서 쓰레기통에 버리고는, "아, 아냐, 아니라고, 아냐" 하면서 지극히 전형적인 변명을 늘어놓기 시작하는 것이었다. 아냐, 이 여자가 좀 머리가 이상한지 제멋대로 서류에다가 이런 걸 붙여서 주지 뭐야. 나뿐만 아니라 딴 사람들한테도 다 그래. 아무것도 아냐, 아무것도 아니라구.

즉, 바람피운 증거가 보란 듯이 드러나 있던 것은 나를 향한 경고가 아니라, 단순히 그가 무신경한 탓이었던 것이다. 그렇게 생각하자 맥이 탁 풀렸다. 몇 분 동안 이리저리 머리를 굴렸던 것이 쓸데없는 걱정이었다는 사실 때문이기도 했겠지만, 왠지 좀 허무한 기분이었다. 아아, 우리들의 평온한 관계는 이렇게까지 악화되고 말았단 말인가. 상대를 상처입힐 만한 물건을 공유 공간에 아무렇지도 않게 꺼내놓을 정도로.

바닥에 늘어놓았던 자질구레한 물건들은 전부 보스턴백 안에 들어가 있다. 조용한 방 안에는 나와 보스턴백만이 남았다. 나는 이걸 어깨에 메고 나가는 모습을 상상해보았다. 당장 일어나서 현관으로 향하지 못하는 것은 단지 마땅히 갈 곳이 떠오르지 않기 때문이다.

요이치가 미워진 건 아니다. (그후에 주절주절 늘어놓은 요이치의 자백을 믿는다면) 딱 한 번 술김에 저지른 실수를 용서할 수 없는 것도 아니다. 하지만 우리가 처음 만났을 때와 같은 마음을 되찾는 건 거의 불가능에 가깝다는 생각이 든다. 약속시간에 늦는 상대를 걱정하거나, 그날 나눈 대화를 마음속으로 음미해보면서 잠들거나, 지금 이 순간 상대가 행복하기를 아무런 사심 없이 기도하거나 하는 그런 기분은 이제 두 번 다시 우리들 사이에 생겨나지 않을 것이다.

잘못된 짓은 아무것도 하지 않았는데, 왠지 너무나도 잘못된 곳에 와버린 것 같다. 그저 매일매일을 함께 보내왔을 뿐인데. 좋아하는 것도 싫어하는 것도 아니고, 돈과 집안일로만 이루어진 것도 아니고…… 결혼의 내용물이란 대체 뭘까.

열쇠를 돌리는 소리가 들린다. 복도를 걸어오는 요이치의 발소리를, 나는 바닥에 주저앉은 채로 듣고 있다.

"다녀왔어."

파업중인 나를 향해 요이치는 아무 일도 없었다는 듯이 밝게 인사했다. 그러나 곧 바닥에 놓인 보스턴백을 보고 움

찔하는 것이 기적으로 느껴진다.

"저기 말야, 선물이 있는데."

평정을 되찾은 요이치가 말했다. 가방에서 무언가를 꺼내 아무것도 없는 식탁 위에 올려놓는다. 흘끗 곁눈질로 훔쳐보니, 봉투였다. 봉투? 안에 뭐가 들었을까.

"이번주 토요일에 온천 안 갈래? 거기, 이즈에 있는, 식사가 아주 잘 나오는 여관 말야. 기억 안 나? 방 안에서 바다가 보이는 거기…… 인터넷으로 예약이 되길래, 오늘 해놓고 왔어."

흐음, 봉투 안에 든 건 숙박권인가보군. 바보 같긴. 기억하지 못할 리가 있나. 사귀고 나서 처음으로 단둘이서 여행 갔던 곳인걸. 하지만 나는 아무 말도 하지 않는다.

"어, 혹시 이거 벌써 여행준비 해놓은 거야? 내가 티켓 사올 거란 걸 육감으로 알았나보네? 굉장하다, 초능력자 빰치겠네."

요이치는 혼자서 주절주절 그렇게 읊어대고는 "목욕하고 오겠습니다~ 온천 정말 오랜만에 가겠네" 하고 장난을 감추는 어린아이처럼 말하면서 욕실 쪽으로 갔다.

나는 눈만 움직여서 식탁 위에 놓인 봉투를 쳐다보았다. 그리고 다시 생각해본다. 저 봉투는 대체 뭘까? 물론 안에 든 건 온천 숙박권이겠지만, 그가 진짜 나에게 주려고 하는 것이 무엇인지 나는 알고 싶은 것이다. 사죄일까, 화해의 계기일까, 파업에 대한 대답일까, 아직 남아 있는 애정일까, 아니면 또다른 무언가일까?

종점인 시모다 역에서 십오 분 정도 버스를 탄다. 버스에서 내려 바다를 등지고 언덕길을 꾸역꾸역 올라간다. 예약한 여관은 언덕 중간쯤에 있다.

"우와, 굉장한 우연이네. 전에 왔을 때도 이 방에 묵었었잖아?"

체크인을 하고 들어가자 요이치가 방문을 열면서 과장되게 떠든다.

"이 방이 아녔어."

내 기억으로는, 사 년 전에 왔을 때는 이 방이 아니었다. 이보다 좀더 좁았고 창 너머로 보이는 바다의 각도도 다르다. 하지만 전에 왔을 때를 요이치가 기억하고 있다는 데는 조금 안도했다.

그 외에 다른 여러 가지 일도 요이치는 기억하고 있을까. 물론 나는 기억하고 있다. 남자와 여행을 가는 게 처음도 아니었는데, 나는 여고생처럼 긴장하고 있었다. 방 안에 있기가 답답해서 산책이나 하러 가자고 요이치를 끌어냈다. 아무것도 없는 길을 정처 없이 걸었다. 온천에서는 다른 손님들이 아무도 없어서 노천탕 벽 너머로 서로 "기분 좋다~" "바다가 보여" 하고 큰 소리로 말했다. 저녁식사 후에 온천을 갔다 오니 그새 방 안에 이불이 깔려 있는 것을 보고 나는 또 여고생처럼 얼굴을 붉혔다.

우리들은 마주 보고 앉아서 아주머니가 끓여온 차를 마시고 있다. 다과그릇에 놓여 있는 온천 만주도 전과 변함이 없다. 요이치가 연달아서 두 개를 먹는 것도. 활짝 열린 장지문 너머로는 바다가 펼쳐져 있다. 물에 들어가기엔 아직 이르지만, 장마가 갠 하늘의 햇살을 받으며 바다는 꼭 한여름처럼 빛나고 있다.

"좀 쉬고 나서, 온천에 가기 전에 뒷산에 올라가보자."

마주 앉은 요이치가 아이처럼 환하게 웃는 얼굴로 말한다.

"거기 왜, 오래된 절이 있잖아. 다 쓰러져가는 곳."

"기억하네?"

나는 무심코 말했다. 그런 건 까맣게 잊어버렸을 줄 알았는데.

"그럼. 그걸 왜 잊어버렸겠어?"

요이치는 발끈하고는 후루룩 소리를 내며 차를 마셨다.

우리들은 여관을 나와 언덕길을 올라갔다. 나무들이 초록색 이파리를 시끄러울 정도로 흔들어대고 있다. 민가가 몇 채 보이고, 어디선가 피아노 소리가 들려온다. 계속 같은 곳에서 틀리는 바람에 조금 앞 소절로 돌아가 다시 시작하기를 몇 번이고 반복하고 있다. 뒤돌아보니 바다는 거대한 거울처럼 하늘을 비추고 있다.

걸어가면서 요이치는 주절주절 계속 떠들어댔다. 이런 비수기에 바닷가 마을에 오는 것도 좋네, 피서객도 없고, 동네도 사람 사는 데 같고, 한 달만 더 지나면 완전 물 반 사람 반일 텐데, 뭐 그런 쓸데없는 얘기들을.

언덕길 끝에 거의 다 무너져가는 좁은 돌계단이 있다. 나뭇가지에 가려 잘 보이지 않지만, 돌계단은 훨씬 위까지 이어져 있다. 끝이 없어 보이는 돌계단 위에 빛과 그림자가 또렷하게 명암을 남기고 있다. 이 돌계단 끝에, 아무도 찾아오지 않는 듯 거의 다 쓰러져가는 절이 있다.

돌계단을 올라가기 시작하면서, 요이치는 아주 자연스럽게 내 손을 가볍게 잡았다. 예상치 못했기에 가슴이 두근거렸다. 우리들은 말없이 서로의 손을 잡은 채로 천천히 돌계단을 올라간다.

사 년 전에도 이렇게 돌계단을 올랐다. 요이치가 살짝 내 손을 잡았고, 그때도 나는 가슴이 두근두근했다. 요이치는 이런 식으로 손을 잡는구나. 너무도 자연스러워서 두근거리지 않을 수 없게, 이런 식으로.

"낫짱, 그 절에서 뭘 빌었는지 나한테 물어봤었지?"

갑자기 요이치가 말했다. 내가 그랬던가? 그건 잘 기억이 나지 않는다.

"내가 너무 오래 기도하고 있으니까, 뭘 빌었는지 궁금하다고 계속 끈질기게 물어봤었잖아."

"그래서 당신은 대답했어?"

"대답 안 했더니 여관에 돌아갈 때까지 입 꾹 닫고 있었지."

요이치는 웃었다. 그것 역시 기억나지 않는다. 신기한 일이다. 같은 곳을 걷고, 같은 것을 보아도, 우리들의 기억은 조금씩 다르다. 점점 달라지는 것이 아니라, 처음부터 달랐던 것이다.

"뭘 빌었는데?"

"어, 그게 말야……"

요이치는 고개를 숙이고는 말끝을 흐렸다. 말하기 싫으면 안 해도 돼, 하고 내가 입을 열려는 순간 요이치는 다시 말을 이었다.

"낫짱이랑 결혼해서 앞으로도 계속 함께 있고 싶다고 빌었어. 이런저런 일들이 있어도, 그래도 마지막까지 함께하면서 웃을 수 있도록 해달라고."

울컥했다. 나는 가시 돋친 목소리로 말했다.

"그게 뭐야, 이제 와서 갖다붙인 것처럼."

"미안."

"나는 말 같은 건 안 믿어."

"아니, 그래도……"

"배신한 건 당신이잖아."

"그래, 미안해."

얌전하게 사과하고 나서, 요이치는 쿡쿡 웃으며 말했다.

"그래도 배신은 너무했어. 진짜로 그런 것도 아닌데."

"뭐야?"

나는 손을 뿌리치며 말했다.

"바보 아냐? 당신은 너무 무심하단 말이야. 상대를 생각해주는 마음이 조금도 없어."

나는 성큼성큼 돌계단을 올라갔다. 숨이 찼다. 하지만 속도를 늦추지 않고 돌계단을 힘차게 밟으며 올라갔다. 요이치가 따라오는 것 같지 않아서, 잠깐 멈춰 서서 뒤를 돌아보았다. 그리고 나는 아, 하고 작게 탄성을 질렀다.

이 광경. 양쪽으로 펼쳐놓은 나무들 너머로 평평하게 펼쳐진 바다. 바다 건너편에 거무스름하게 누워 있는 섬. 저물어가는 태양이 바다에 펼쳐놓은 옅은 오렌지색 띠. 사 년 전의 그날, 나는 분명 지금과 똑같이 이 계단에 멈춰 서서 이렇게 뒤를 돌아보았다. 그리고 지금과 똑같이, 내 조금 뒤에 요이치가 있었다. 요이치는 눈부신 듯 나를 올려다보고는, 이윽고 나를 따라 뒤를 돌아보았다. 그리고 우리들은 잠시 동안 말없이 눈 밑에 펼쳐진 이 광경을 바라보았던 것이다. 데자부처럼 느껴지지만, 그것은 데자부가 아니라 확실한 기억이다.

"있잖아."

몇 계단 아래 서 있는 요이치에게 말을 걸었다. 뒤를 돌아보고 있던 요이치가 이쪽으로 고개를 돌린다.

"사 년 전에도 이렇게 뒤를 돌아봤었지?"

요이치는 기억하고 있을까. 이건 나만의 기억일까.

"나도 지금 그 생각 하고 있었어. 오오, 꼭 데자부 같다, 하고 말야."

하지만 요이치는 그렇게 말했다. 왠지 우스워서, 나는 웃었다. 요이치도 웃었다.

사 년 전, 이렇게 뒤를 돌아보고 멀리 펼쳐진 바다와 바다를 배경으로 서 있는 요이치를 바라보았을 때, 지금처럼 주위엔 사람 그림자 하나 보이지 않고 느린 바람이 나뭇잎을 흔드는 희미한 소리만이 들려오던 그때, '우리 둘뿐이야' 하고 온몸 구석구석까지 실감했던 것을 나는 떠올린다.

그래, 그때 나는 생각했던 것이다. 우리 둘뿐이다. 이 세상에 우리 둘뿐. 그건 전혀 로맨틱하지 않았다. 오히려 어렴풋하게 외로운 느낌이었다. 우리들밖에 없다. 무슨 일이 일어나도, 일어나지 않아도 그건 우리들만의 일이고, 어떻게 하든 안 하든 우리들밖에 없다, 우리는 그런 곳에 있는 것이다. 그렇게 생각했다. 그때와 같은 것을 나는 지금도 온몸 구석구석까지 실감했다. 우리는 얼마나 하찮은가.

바보 같은 외도에 대한 배상으로 요이치가 준비한 선물. 그 봉투에 들어 있던 건 온천여행이 아니라, 기억이었는지도 모른다. 한순간 서로 겹쳐진, 우리들의 선명한 기억. 비록 말은 전부 거짓이라도, 기억만은 진실인 것이다.

"기억이 있다는 건 굉장한 거구나."

바다를 등지고 다시 돌계단을 오르기 시작하면서, 나는 혼잣말처럼 말했다.

"시간이란 건 참 대단해."

등 뒤에서 거친 숨소리 사이로 그런 말이 들려왔다. 나는 아무런 대답도 하지 않고 돌계단을 계속해서 올라갔다. 다리가 아프고 숨이 찼지만, 속도를 늦추지 않고 계속해서 발을 앞으로 내디뎠다. 그래도 마지막까지 함께하면서 웃을

수 있도록. 앞으로 얼마만큼 긴 시간을 우리들은 함께 보내
게 될까. 어긋나버린 기억과 구석구석까지 똑같은 기억을
갖고서. 용서하고 용서받고, 지겨워하고 무신경해지고, 그
런 것을 단둘이서 반복하면서.

돌계단을 다 올라왔을 때는 나도 요이치도 지칠 대로 지
쳐서 헉헉대며 숨을 몰아쉬고 있었다. 인기척이 없는 다 쓰
러져가는 절의 새전함까지 가서 동전을 던지고, 커다란 종
에 달린 밧줄을 흔들고, 손을 모으고 눈을 감았다. 옆에서
요이치의 숨소리가 들려온다. 가만히 눈을 뜨자 요이치는
아직 눈을 감고 엄숙하게 기도를 하고 있다.

"뭘 빌었어?"

기도를 끝낸 요이치에게 물었다.

"비밀."

요이치는 싱긋 웃으며 말한다.

"흥, 엉큼해."

"사 년 후에 가르쳐줄게."

"사 년 후에 또 바람피우려고?"

"또 저러네, 아니라니깐. 그건 진짜……"

"됐어, 그 얘긴 그만 하자."

요이치의 말을 막고 나는 돌계단을 내려가기 시작했다. 아까보다 해가 더 기울어 바다는 주홍빛을 더하고 있다.

우리들이 처음 만났을 때의 마음을 되찾는 건 불가능할 것이다. 우리 둘만의 작은 세계는 이제 두 번 다시 나타나지 않을 것이다. 그런 생각이, 마치 변하지 않는 사실로 느껴졌다. 하지만 그것은 예전에 생각하던 것처럼 슬픈 것은 아닌 것 같았다. 우리들은 전혀 다른 형태의 무언가를 손에 쥐고 있는 것이니까. 앞으로 '평온'이 '따분함'이 아닌 또 다른 것이 될 날이 올지도 모르니까.

나무들이 솨아솨아 소리를 낸다. 빛과 그림자 사이로 나는 돌계단을 내려간다. 빛과 그림자 사이를. 좋은 일과 나쁜 일 사이를. 옆에서 요이치가 걷고 있다. 눈 아래 펼쳐진 나무들의 초록이 금가루를 뿌려놓은 듯이 옅은 금색으로 물들어 있다.

Presents #9

그림

이를테면 다이어트를 시작할 때 누구나 지금보다 더 멋
진 자신의 모습을 머릿속에 그려보듯이, 나도 어떤 이상을
갖고 있었을 터였다. 햇살이 내리쬐는 거실, 웃음소리가
끊이지 않는 식탁, 청결한 에이프런, 부엌을 가득 채운 맛
있는 음식 냄새. 그런 것들을 머릿속에 그리며 결혼해서,
이사를 하고, 아이를 낳고, 또 키워왔다. 그리고 대부분의
다이어트가 실패로 끝나는 것과 마찬가지로, 나의 현재는
이상과는 한참 거리가 멀다.
　혼자 식탁에 앉아 어두운 거실을 둘러보며 그런 생각을
한다. 소파에는 석간신문이 펼쳐져 있고 세탁소 비닐도 벗

그림 171

겨내지 않은 남편의 와이셔츠와 사스케의 한쪽 양말이 굴러다니고 있다. 바닥에는 곤충 그림 카드와 만화잡지와 축구공이 어지럽게 흩어져 있다. 불을 켜지 않았기 때문에 어두워서 잘 보이지 않지만, 작년 겨울부터 그대로인 커튼은 계절에 맞지 않는데다가 끝부분이 더러워져 있다. 하얀 벽지는 군데군데 얼룩이 지기 시작했고, 아래쪽에는 사스케가 어릴 적에 그려놓은 낙서가 있다. 아무리 문질러도 지워지지 않아서 그대로 방치해둔 것이다. 식탁 위에는 바나나 껍질과 우유 자국이 남아 있는 컵, 그리고 공과금 공지서.

이 맨션을 산 것은 사스케가 막 태어났을 무렵이었으니, 벌써 십일 년 전이다. 그때까지 지은 지 삼십오 년이나 된 낡아빠진 아파트에 살고 있던 남편과 나의 눈에는 이 신축 맨션의 방 한 칸도 궁궐처럼 보였다. 널찍하고 청결하고, 햇빛이 듬뿍 들어오고.

그때 보았던 방과 지금 여기에서 보는 방은 분명 조금도 다르지 않은 공간일 텐데, 언제부터 마법이 풀려버리고 만 걸까. 식탁의 내 자리에서 보이는 방은 답답하고 좁고, 청결하다고는 말하기 어렵고, 커튼봉에는 항상 무언가가 걸려 있어 빛이 들어오는 것을 막고 있다.

그리고 항상 생글생글 웃고 있는 어머니가 될 예정이었던 나는, 바로 몇 분 전에도 필요 이상의 목소리와 필요 이상의 말로 사스케를 야단쳤던 것이다.

사스케는 여간해서는 울지 않는다. 무슨 말을 해도 이빨을 꽉 깨물고 지그시 나를 노려보기만 한다. 지금보다 더 어렸을 때부터 그랬다. 그렇게 쳐다보면 나는 더 화가 치밀어올라서 해서는 안 될 말까지 퍼부으면서 때로는 종아리를 때리거나 머리를 쥐어박거나 하고, 그러는 사이 무엇 때문에 야단치는지조차 모호해져서는 오직 울리고 싶은 충동만이 남는다. 사스케가 울면 또 우는 대로 엄청난 자기 혐오가 든다.

그런 것도 사오 년 지나면 없어지겠지 했는데, 사스케는 아직 갓난애나 다름없는 것 같다. 오늘의 잔소리 주제는 방 청소를 안 한 것과, 현관에 신발을 벗어던진 것도 모자라 가족들의 다른 신발까지 엉망진창으로 흩어놓은 것. 이건 몇 번을 야단쳐도 고쳐지지 않는 버릇이다. 그래서 내가 필요 이상으로 야단치는 횟수가 점점 늘어난다. 그제는 또 맨

그림 173

션 현관 주차장 앞에 있는 나무 이파리를 빨간색 분홍색 주
홍색 유화물감으로 칠해놓았다. 게다가 그 물감이라는 게
또 학교에서 멋대로 가져온 것이었다. 뿐만 아니라 삼 일
전에는…… 뭐, 생략하고, 이런 식으로 매일 사스케를 야
단칠 거리가 생기는 것이다.

사스케는 그럴 때마다 울지도 않고 나를 지그시 노려보
고는 곧 방에 들어박혀버린다. 아침이 되면 바로 언제 그랬
냐는 듯이 벌떡 일어나지만, 사스케가 그렇게 방에 들어가
버리고 나면 되레 사스케가 나를 실컷 야단친 것 같은 기분
이 든다.

야단을 맞고 방으로 직행하는 사스케가 안에서 뭘 하는
지 나는 모른다. 부스럭대는 소리 하나 나지 않는다. 나는
힘없이 식탁에 앉아서 사스케 방 쪽으로 귀를 기울이고는,
이렇게 이상과 동떨어지고 만 내 인생에 어깨를 축 늘어뜨
리고 있다.

현관 자물쇠를 여는 소리가 들려 퍼뜩 정신을 차린다. 벌
써 열두시가 다 되어가고 있다. 급히 바나나 껍질을 버리고
컵을 싱크대에 갖다놓는다. 집에 들어온 남편에게서 희미

하게 술냄새가 난다.

"또 술 마셨어?"

내가 지겹다는 듯이 말하자 남편도 지겹다는 듯이 대답한다.

"업무상이야, 업무."

넥타이를 풀어 소파 위에 내팽개치고 그대로 욕실로 들어가려는 남편 뒤를 쫓아가서 사스케 얘기를 한다. 어쩌면 저애, 무슨 병이라도 있는 게 아닐까? 왜, 정리나 청소를 못 하는 사람들을 무슨무슨 병이라고들 하잖아. 쟤 방 가끔가다 한번 들여다봐. 진짜 심하다니까. 그리고 말이지, 현관에 신발들도 왜 저렇게 흩어놓는지 모르겠어. 남의 신발을 차고 밟고 해야 할 필요성이 있는 것도 아닐 텐데 말야.

남편은 욕실 입구까지 가서야 겨우 내 쪽을 돌아보며 "필요성이라……" 하고 심각하게 중얼거리고는 재미있다는 듯이 웃으며 말한다.

"남자앤데 좀 풀어놓으면 어때서."

남편의 그 말에 겨우 가라앉기 시작했던 전신의 피가 다시 거꾸로 돌기 시작한다. 남자앤데 뭐 어떠냐니, 그럼 똥

그림 175

강아지처럼 아무것도 안 가르쳐도 된단 말야? 학교에서도 맨날 전화 오는데, 그냥 내버려두시라고 선생님들한테 그렇게 말할까? 그리고 학교에 불려가느라 회사를 조퇴해야 하는 건 항상 나란 말이야. 그것 때문에 일도 맨날 밀리고 쌓이고. 당신은 그런 것도 모르지?

남편은 내 항의에 전혀 귀를 기울이지 않고 셔츠를 벗고 바지를 벗고 속옷을 벗고는 욕실에 들어가 쾅 하고 문을 닫아버린다. 들려오는 것은 샤워기 물소리뿐.

나는 잇몸에서 피가 날 정도로 세게 이를 닦고, 침실로 들어가 벽에다 몸을 찰싹 붙이고 드러누웠다. 신경질이 나서 잠이 올 것 같지 않았지만 그러면 나만 괴로울 뿐이다 싶어 필사적으로 잠을 청했다.

어쩌면 남편이 바람을 피우는 게 아닐까 하고 나는 의심하고 있다. 매일 술 먹고 들어오는 게 모두 접대 때문이라고 보기는 어렵다. 요즘 들어서는 속옷도 혼자서 새로 사오고, 처음 보는 가방을 들고 다니기도 했다.

내가 사스케를 야단치는 것은 물론 아이버릇을 제대로 들이기 위해서지만, 사실은 단순한 화풀이가 아닐까 싶을 때도 있다. 집에 늦게 들어오는 남편이나 외도에 대한 의혹이나 산처럼 쌓여 있는 일거리, 그리고 이상과 점점 거리가 멀어져가는 현실에 대한 화풀이.

벽에 찰싹 달라붙어 눈을 감고 있자 욕실에서 나온 남편이 옆자리에 와서 누웠다. 더블침대의 왼쪽 끝과 오른쪽 끝에 누워 있는 우리들의 몸은 털끝 하나 닿지 않는다. 사람들이 북적대는 도미터리에서 할 수 없이 모르는 사람과 한 침대에 누운 것처럼. 사스케의 방에서는 아무 소리도 들려오지 않는다. 내 앞에서 울지 않는 사스케는 어쩌면 자기 방에서 소리 죽여 울고 있는 건 아닐까. 꼭 감은 내 오른쪽 눈에서 물방울이 떨어져 베개 커버에 스며든다.

저녁 무렵의 슈퍼는 항상 사람들로 붐빈다. 나는 장바구니를 팔에 걸고 빠른 걸음으로 가판대 사이를 돌아다닌다. 스튜를 만들려고 했지만 아무래도 그런 여유는 없다. 안 되겠다, 그냥 냉동 동그랑땡이나 사야지. 샐러드도 만들어야 되는데. 그리고 밑반찬을 만들 야채도 필요하다. 쌀도 다 떨어져가고, 간장도 마찬가지고. 생각나는 것들을 하나씩

그림 177

채워넣고 있으려니 바구니가 순식간에 무거워진다. 몇 번이고 다른 사람과 부딪혀 사과를 하거나 상대를 노려보거나 하다가 매장 안의 벽시계를 올려다본다. 물건들이 산처럼 쌓인 바구니를 계산대 위에 올려놓는다. 엄청 인상 나쁜 아줌마가 나를 노려보는 것 같았는데, 알고 보니 계산대 맞은편 거울에 비친 내 모습이었다.

비닐봉지 두 개에 나눠담은 짐들을 끙끙거리며 나른다. 땀이 뚝뚝 떨어진다. 셔츠가 기다렸다는 듯 등에 찰싹 달라붙는다. 그냥 이 짐들을 전부 내던지고 큰 소리로 울어버리고 싶다. 마음껏 울고 난 뒤 지갑만 들고 도망가는 거다. 멀리 멀리, 쌀 같은 것도 필요 없고 매번 시계를 확인하지 않아도 되는 남쪽 나라의 섬으로 뒤도 돌아보지 않고 도망가는 거다. 남편도 사스케도 내버려두고.

현관문을 열자 다리 힘이 쫙 풀렸다. 또 신발들이 마구 흩어져 있다. 가족이라고는 달랑 세 명인데, 척 봐도 열 켤레 정도는 되어 보이는 신발들이 신발장 밖에서 뒹굴고 있다. 현관이 지저분하면 행복이 들어오지 않는다는 풍수전문가의 말을 들은 후로 항상 깨끗이 정리해놓으라고 몇백 번이나 주의를 줬건만.

"사스케!!!"

현관 앞에서 소리를 지르자 사스케가 거실 문 쪽에서 고개를 내밀며 불만스럽게 말한다.

"엄마, 나 배고파 죽겠어."

"여기 좀 와봐!"

나는 목소리를 더 높인다. 사스케는 복도를 느릿느릿 걸어 현관 쪽으로 온다.

"이거! 엄마가 몇 번 말해야 알아듣니? 신발은 깔끔하게 정리해놓으랬잖아. 안 신는 신발은 신발장 안에 넣어놓고, 신을 것만 꺼내서 앞에다가 가지런하게 놔두라고!"

사스케가 흘끗 쳐다본다. 나는 말을 삼킨다. 그 눈이 지금까지 한 번도 본 적이 없는 눈이었기 때문이다. 됐어, 알아서 해. 나는 중얼거리듯이 말하고는 거실로 들어선다. 슈퍼마켓 봉투를 질질 끌고 부엌으로 간다. 잔소리를 피한 사스케는 눈치를 보면서 주춤주춤 텔레비전 앞에 앉는다.

나도 저런 눈으로 엄마와 아빠를 보았었다. 어렸을 때 우리집은 술집을 하고 있었는데, 엄마 아빠는 언제나 바쁘게

그림 179

일하고 있었다. 집에도 잘 없으면서 나한테는 이상할 정도로 엄하게 했다. 식탁 위에 팔꿈치를 올리고 있으면 바로 얻어맞았고, 소파에 드러누우면 칠칠맞지 못하다고 야단을 맞았다. 집 안, 그것도 소파에서 등을 곧게 펴고 앉아야 된다니 정말 최악이라고 생각했었다. 사춘기가 되어서는 엄마 아빠를 미워하게 되었다. 엄마다운 면, 아빠다운 면은 하나도 없으면서 왜 나를 로봇처럼 조작하려 하는 걸까. 그렇게 생각했다. 며칠씩 엄마 아빠에게 한마디도 하지 않았던 시기도 있었다.

사스케는 분명 나를 미워하는 것이다. 우엉의 흙을 씻어내면서 나는 생각했다. 앞으로 성장해가면서 더더욱 미워하게 되겠지. 남편이 바람을 피우는 건지도 무서워서 못 물어보는 주제에 신발 정리하라고 바보 같은 잔소리만 해댄다. 언젠가 사스케도 내가 어릴 때 그랬던 것처럼 내게 말을 걸지 않게 되겠지.

"사스케."

부엌에서 고개를 내밀어 텔레비전 앞에 앉아 있는 아들의 이름을 불러본다. 텔레비전에 푹 빠져 있는지 들리지 않

는 모양이다. 내 위치에서는 약간 불그레한 동그란 이마만
이 보인다.

아빠는 내가 스무 살이었을 때, 엄마는 내가 사스케를 낳
기 직전에 돌아가셨다. 사춘기 때보다는 훨씬 나아졌지만
그래도 나는 엄마 아빠를 좋아하지는 않았다. 두 분이 모두
돌아가셨을 때, 나는 사스케가 들어 있는 커다란 배를 끌어
안고 울었다. 몸에서 모든 수분이 빠져나가버리는 게 아닐
까 싶을 정도로 울었다. 부모님의 죽음이 슬펐다기보다,
부모님을 좋아하게 될 수 있는 기회가 나에게 결국 한 번도
찾아오지 않았다는 것, 또 앞으로도 찾아오지 않을 거라는
그 사실이 참을 수 없이 슬펐다. 그리고 마음속 깊은 곳에
서부터 엄마 아빠가 가여웠다. 딸이 결국 좋아하게 되지 못
한 채로 사라져버린 사람들.

그래서였는지 나는 어릴 때 내가 원했던 것을 이상으로
삼게 되었다. 아빠다운 아빠와 엄마다운 엄마, 자식들이
절대 싫어할 리 없는 부모, 웃음소리와 온기와, 가족이라
는 실감.

그림 181

하지만 정신이 들고 보니 나는 퇴근길에 귀신 같은 몰골로 슈퍼를 뛰어다니고, 배를 곯고 기다린 아이를 현관에 불러다 신발이 어쩌고 저쩌고 야단을 치고 있다. 그것이 어쩔 수 없는 나의 모습이고, 또 어쩔 수 없는 지금의 내 가정이다.

또 회사를 조퇴하고 울적한 기분으로 학교로 향했다. 선생님의 호출이 있었던 것이다. 사스케가 또 무슨 사고를 쳤음이 분명하다.

학생들이 모두 하교한 후라 교내는 조용했다. 아무도 없는 교실에서 사스케의 담임선생님과 마주 보고 앉았다. 폴로셔츠를 입은, 나보다 연하의 남자가 사스케의 담임이다. 창 밖으로 하늘이 보인다. 벌써 9월인데도 한여름처럼 뭉게구름이 떠 있다.

"오늘 오시라고 한 이유는요……"

담임은 책상 위에 도화지를 펼쳤다. 그것을 내려다본 나는 앗, 하고 소리를 지를 뻔했다. 사스케가 그린 그림이란 걸 금방 알 수 있었다. 수채화인데도 유화처럼 물감을 듬뿍 찍어바른 그림이다. 솜씨는 서툴지만 이상한 힘이 있다.

그림 183

사스케는 어렸을 때부터 이런 그림을 그렸다. 그리고 눈앞의 도화지에 그려져 있는 것은, 신발이었다. 현관 앞에 흩어져 있는 신발이다. 내 샌들과 운동화. 남편의 가죽구두와 스니커즈. 사스케의 운동화, 축구화, 이제는 신지 않는 이 년 전의 스니커즈. 그것들이 엉망으로 겹쳐져 있고, 뒤집어져 있고, 서로 짓밟고 있다. 다름아닌 우리집 현관. 내가 매일 벼락을 내리는 원흉.

그런데 왜 이런 그림을 갖고 날 불러낸 걸까? 하는 의문이 들었을 때, 담임은 "이건 가족이라는 주제로 그린 그림입니다" 하고 무겁게 말했다. 아 네, 하고 대답하자 담임은 말을 계속했다.

"가족의 얼굴을 그리지 않은 건 사스케뿐입니다. 그래서 좀 걱정이 되어서요. 뭐랄까, 신발밖에 안 그렸다는 점에서 왠지 삭막하단 인상을 받았거든요."

나는 담임을 지그시 노려보았다. 그가 말을 멈추기를 기다렸다가 입을 연다. 냉정하게, 이성적으로 대응할 생각이었는데, 입을 연 순간 잘 흔든 사이다 뚜껑을 연 것처럼 말들이 쏟아져나왔다.

"뭐가 삭막하단 말씀이세요? 잘만 그렸잖아요. 그럼 애들이 전부 똑같은 그림을 그려야 된단 말인가요? 그건 기만이고 파쇼예요. 이건 아주 훌륭한 그림이에요. 사스케는 잘 그렸어요. 이걸 보고 삭막하다는 건, 당신이 가족의 신발을 보고 삭막한 느낌을 받은 경험밖에 없기 때문이에요. 잘 보세요. 엄마 신발, 아빠 신발, 자기 신발, 이건 재작년부터 신었던 신발이에요. 봐요, 현관에 이렇게 가족들 신발을 늘어놓다니 멋지지 않아요? 삭막하다니 말도 안 돼요. 체온이 전해지는 그림이에요. 이 그림을 보면 가족이 몇명인지, 어떤 생활을 하고 있는지, 현관의 문을 열었을 때 어떤 냄새가 나는지도 알 수 있잖아요?"

담임은 아연실색한 얼굴로 나를 바라보았다. 내가 몸을 내밀고 기관총처럼 쏘아붙였기 때문이 아니라, 아마도 내가 갑자기 울음을 터뜨렸기 때문일 것이다. 울면서도 이야기를 그치지 않았기 때문일 것이다.

봐요, 이 그림만 보고도 어떤 집인지 알 수 있잖아요. 부모님은 바쁘고, 매일 팽이처럼 돌아다니고, 그래도 가정에 충실하고 싶다고, 아이에게 잘해주고 싶다고 늘 생각은 하

그림 185

고 있어요. 생각대로 안 되니까 가끔 가다 짜증도 내죠. 꼭이 신발같이 말이에요. 이쪽저쪽으로 날아가고 뒤집어지고 서로 밟고 밟히면서. 하지만 이렇게 뒤죽박죽이면서도 함께 있잖아요.

말하는 사이에 나는 생각해냈다. 가게 바로 옆에 있던 우리집의 그 어수선한 분위기를. 저녁을 먹을 때가 되면 엄마는 술집을 빠져나와 급하게 상을 차렸다. 그마저도 아빠나 아르바이트생이 엄마를 부르러 오는 바람에 항상 중단되곤 했지만. 하굣길에 가게 입구를 지나 방으로 들어갈라치면 아빠에게 야단을 맞았다. 그래도 아빠는 내가 카운터에 앉아 있는 걸 좋아했다. 나더러 우리 가게 간판 아가씨라며 기분 좋게 말하기도 했다. 아빠답지 않은 아빠였고, 엄마답지 못한 엄마였지만, 그들은 역시 어쩔 수 없이 내 아빠였고, 엄마였다. 부모님이 돌아가셨을 때 내가 그렇게까지 운 것은 부모님을 좋아하게 되지 못해서가 아니라, 이제 두 번 다시, 두 번 다시 영원히 내가 자란 그 집 현관에 가족들의 신발이 흩어져 있을 일이 없다는 것을 알았기 때문이었다. 싫어하는 것도 좋아하게 되는 것도, 다투는 것도 화해하는 것도, 두 번 다시 있을 수 없게 되어버렸기 때문이었다. 그리고, 부모님을 가엾다고 생각한 것도 아니었다. 그들에게도 분명 이 현관에 흩어진 신발 같은, 그런 가족의 기억이 있었을 테니까.

"좋은 그림이야."

나는 어린아이처럼 손등으로 눈물을 훔치고, 중얼거렸다.

"이 이상 멋진 가족 그림은 없을 거야."

크게 고개를 끄덕이며 말했다. 사스케의 담임에게가 아니라, 나 자신을 향해서.

앞으로 사스케는 나를 미워하게 될지도 모른다. 말을 안 하게 될지도 모른다. 비뚤어질지도 모른다. 방에 틀어박혀 외출도 하지 않게 될지도 모른다. 남편의 외도는 사실일지도 모른다. 이혼해달라는 말을 들을지도 모른다. 가까운 장래에 우리들은 뿔뿔이 흩어져버릴지도 모른다. 그래도 괜찮다. 우리들은 분명 모두 괜찮을 것이다. 각자의 장소에서 잘 헤쳐나갈 수 있을 것이다. 멀리 떨어진 장소에서도 우리들은 분명, 항상 어지럽혀진 현관이라는 똑같은 광경을 떠올릴 수 있을 테니까. 행복은 현관으로 들어오는 것이

그림 187

아니라, 이 어질러진 공간에 이미 존재하고 있는 것이다.

"이 그림 저 주세요."

나는 일어나 책상 위의 그림을 집어들었다.

"아 네, 채점은 끝났으니까 가져가셔도 됩니다."

담임은 입 안에서 우물대며 말했다.

아직 할말이 있는 것 같았지만, 나는 사스케의 그림을 들고 교실을 나왔다. 복도가 조용해서 슬리퍼 소리가 크게 울렸다.

가는 길에 액자를 사자. 이 그림을 거실에 걸어둬야지. 지금 몇시지? 어, 벌써 다섯시가 넘었잖아. 화방에 들르려면 서둘러야겠네. 갔다가 바로 슈퍼도 가야지. 냉장고에 있는 건 양배추랑 피망이랑…… 야채볶음이나 만들까. 야채볶음이랑 바지락된장국.

나는 운동장을 달린다. 둥글게 만 그림이 구겨지지 않도록 소중하게 껴안고 달린다. 구름은 아직 하늘 높이 떠 있다.

Presents *#10*

요리

감기다. 춥다. 관절이 쑤신다. 몸이 무겁다. 멍하다.

서랍에서 체온계를 꺼내 겨드랑이 밑에 끼워넣고 가만
히 기다린다. 텔레비전에서는 와이드쇼가 나오고 있다. 누
구누구랑 누구누구가 이혼한 이유를 출연진들이 추측하고
있다.

화면이 광고로 바뀌었을 때 삐삐삐 하는 소리가 났다. 겨
드랑이 밑에서 빼낸 체온계가 뜨뜻하다. 액정의 디지털 숫
자가 38도 8분이라고 말해주고 있다. 아아, 역시 여름감기
였구나. 아니, 이제 9월이니까 여름이라고는 할 수 없나.
그런 쓸데없는 생각들만 빙글빙글 머릿속을 맴돈다.

텔레비전을 켜놓은 채로 거실 옆방으로 가서 여름이불을 두 장이나 겹쳐서 이부자리를 깔았다. 옷도 갈아입지 않고 기어들어가 목만 거실 쪽으로 내밀고 텔레비전을 본다. 이혼의 원인이 밝혀질 때까지는 텔레비전을 끌 수 없다. 그런 내 모습이 무척이나 비참하게 느껴진다. 언제부터 이렇게 비참한 아줌마가 된 걸까. 조금 전까지만 해도 누가 누구랑 이혼을 하든지 말든지 그게 나랑 무슨 상관이냐고 딱 잘라 말할 수 있었던 것 같은데. 그렇게 자학적인 생각을 하면서도, 나는 꿋꿋하게 텔레비전을 계속 노려보고 있다.

호오, 역시 그렇군. 부인이 바람을 피웠구먼. 이 사람들이 결혼했을 때가 생각난다. 그때도 나는 텔레비전에 찰싹 달라붙어서 와이드쇼를 보고 있었다. 레스토랑을 몇 개나 갖고 있는 실업가와 젊은 여배우의 결혼식은 무척 성대했다. 여배우는 자신이 직접 디자인했다는 미니 웨딩드레스를 입고 있었다. 나랑 비슷한 나이의 실업가는 시종일관 히죽히죽 웃고 있었다. 기자가 소감을 묻자 두 사람은 '행복해요'라는 말만 연발했다. 지금이 가장 행복합니다. 이런 행복이 있을 줄 몰랐습니다. 구름 한 점 없이 행복합니다. 더

더욱 행복해지게 만들겠습니다. 더더욱 행복해지겠습니다.

흐응, 흐응, 하고 코웃음으로 맞장구를 쳐가며 나는 텔레비전을 보고 있었다. 좋겠네. 바늘 끝도 들어갈 틈이 없는 행복. 그치만 분명 얼마 못 갈걸? 만약 이혼한다면 여자가 바람을 피워서일 거야. 저렇게 젊으니 충분히 그럴 수 있지. 나이 차가 너무 난단 말이야. 스물두 살밖에 안 되는 나이에 아내 노릇 하려면 얼마나 지겨운지, 마흔 넘은 남자가 얼마나 시시한지 금방 알게 될걸. 그런 생각을 하면서 과자를 우적우적 씹어먹고 뜨거운 차를 홀짝거렸다. 질투가 났던 것이다. 그 이유가 여자의 나이인지, 남자의 히죽거리는 웃음인지, 바늘 끝도 들어갈 틈 없는 행복인지 딱 집어 말할 수는 없지만, 아무튼 무언가에.

그때의 결혼식 영상도 같이 나왔다. 구름 한 점 없이 행복합니다. 이 년 전의 여배우와 실업가는 만면에 웃음을 띠고 말한다. 이런 걸 지금 같은 때에 꼭 틀어줘야 하나. 악취미로군. 그렇게 생각하면서도 실은 나 역시 즐기고 있었다. 그래 너네들, 이렇게 행복 행복 타령했었단 말이지.

스물네 살이 된 여배우가 스물다섯 살의 배우와 바람을

피워서 이혼에 이르렀다, 고 출연진들은 결론을 내렸다. 거 봐~라, 역시. 내가 생각한 그대로지? 비참하게도 그런 생각을 하면서 어떤 달성감 같은 것까지 느낀 후에야 나는 겨우 눈을 감았다. 몸이 무겁고 관절이 쑤신다. 열은 눈 깜짝할 사이에 나를 잠 속으로 끌어당긴다.

열이 날 때의 꿈은 엽기적이다.

꿈속에서 나는 스물두 살의 여배우가 되어 미니 웨딩드레스를 입고 있다. 카메라 플래시가 연달아 터지고, 나는 생긋 웃어 보인다. 지금이 가장 행복합니다, 나는 말한다. 옆에 있는 남자와 팔짱을 낀 팔이 미끌미끌하다. 쳐다보니 남편이 될 남자는 물개였다. 건방지게도 나비넥타이를 매고 있다. 여기서 꿈이라는 걸 알아차렸다. 그런데도 웨딩드레스를 입은 나는 여전히 꿈이라는 걸 모르고 있다. 물개를 황홀하게 바라보며 나는 이렇게 반복한다. 구름 한 점 없이 행복합니다. 더욱 행복해지겠습니다.

그런 말 함부로 하면 안 돼! 꿈을 꾸고 있는 나는 넋이 나가 있는 꿈속의 나를 향해 말한다. 나중에 후회할걸. 내 그럴 줄 알았다는 소릴 들으면 어쩔래? 그런데도 나는 멈추지 않는다. 행복합니다. 행복합니다. 정말로 행복합니다. 물개가 내 쪽을 본다. 스윽 얼굴을 가까이 가져온다. 으아악, 정말 크다. 꿈속에서도 크다. 나는 생글생글 웃으며 물개의 얼굴을 받아들인다. 물개의 입이 쭉 하고 내 입술에 닿는다.

"우웨엑!"

소리를 지르며 눈을 떴다. 목 깊은 곳이 따끔거리고 쓴맛이 느껴진다. 물론 감기 탓이겠지만, 물개의 입맞춤 때문인 듯한 기분이 든다.

거실 쪽으로 고개를 내밀어보니 텔레비전은 아직 켜져 있다. 사극 드라마가 나오고 있다. 볼륨을 낮추든가 스위치를 꺼야겠다고 생각하면서도 자리에서 일어날 수가 없다. 할 수 없이 다시 눈을 감는다.

엄마, 엄마아아, 배고프다니깐.

어딘가 멀리서 들려오는 목소리. 꿈의 연장인가? 내가 아이였던 시절로 돌아가 말하는 듯한 목소리. 부스스 눈을 떠보니 다이스케가 나를 흔들고 있다. 올해 초등학교 5학년이 된 다이스케.

"다이쨩, 엄마 몸이 안 좋아."

나는 축 늘어져서 말했지만, 다이스케는 내 말은 전혀 듣지 않고 칭얼댄다.

"있잖아, 나, 배고파. 오늘 급식도 끈끈이 스튜라서 못 먹었단 말야."

"다이쨩, 엄마 말야……"

"끈끈이 스튜가 뭐냐면 있잖아, 엄…… 스튜가 너무 끈적끈적해. 뭐라고 하지, 엄…… 감자 비스무리한 게 들어 있는 기라."

다이스케는 이상한 사투리로 말했다. 반에서 유행하는 거겠지.

"감자 비슷한 게 뭔데?"

왜 이런 걸 물어봐야 할까 생각하면서도 나는 결국 물어보고 말았다.

"감자랑 고구마 말고, 하얀 거 있잖아."

"그럼 참마인가보네."

머리가 무겁다. 관절이 쑤신다. 목이 따끔거린다.

"어, 맞아맞아. 나 그거 싫어하거든. 그래서 배고파, 지금."

다이스케는 5학년치고는 키가 작은 편이다. 게다가 아직 아기 같은 구석이 있다. 이부자리 옆에 떡하니 정좌하고 앉아서, 양손을 이불 위에 얹고는 또 나를 흔들어댄다.

"흔들지 좀 마. 엄마 아프다니깐. 저기 부엌에 과자 놔둔 선반 밑에 치킨 라면 있으니까 그거 해서 먹어. 계란 넣고 뜨거운 물만 부으면 돼."

나는 기침을 해가며 겨우 말했다.

"칫, 알았어."

다이스케는 그러고는 부엌으로 달려갔다. 나는 목만 들어올려 다이스케의 뒷모습을 바라보았다.

계란을 깨뜨려넣고 뜨거운 물을 붓는 것도 귀찮았는지 다이스케는 생라면을 그대로 부숴뜨려 먹는다. 그런 거 먹으면 몸에 안 좋다고 주의를 주려고 했지만, 목도 아프고 몸도 무겁고, 그냥 될 대로 되라 싶어서 눈을 감아버린다. 채널이 바뀌고 만화영화 같은 소리가 들려온다. 우적우적 마른 음식물을 씹는 소리가 그 사이에 끼어 들려온다.

"어, 이 아줌마 왜 자는 거야?"

꾸벅꾸벅 잠에 막 빠지려는데, 또 가까이에서 목소리가 들려 눈을 떴다. 중학교 3학년이 되는 딸 히나코가 방 안에 우뚝 서서 나를 내려다보고 있다.

"히나짱, 엄마 감기 걸렸나봐. 열이 있어서……"

"뭐야, 그럼 밥은 어떡해."

뭐 이런 딸이 다 있담. 나는 휙 하고 돌아누워서 눈을 감아버렸다. 괜찮냐고 물어주면 어디가 덧나. 다이스케와 달리 히나코는 키만 쑥쑥 크는데다가 여름 동안 새카맣게 타기까지 해서 꼭 세일러복 여장을 한 운동선수 남자애 같다. 딸이 크면 같이 옷 쇼핑을 다니는 게 꿈이었는데, 농구부 부장인 히나코는 트레이닝복밖에 입지 않는다.

나는 한번 더 체온을 재야 되겠다 싶어서, 슬슬 체온계에 손을 뻗어 다시 겨드랑이 밑에 끼워넣는다. 부저가 울릴 때까지의 몇 분도 기다리지 못하고 잠이 들어버려서 짧은 꿈을 꾸었다. 삐삐삐 하는 소리에 눈을 뜨고 체온계를 꺼내보니 땀에 푹 젖어 있다. 39도 3분. 아아, 또 올라갔다.

"엄마엄마, 밥 진짜 어떡할 건데."

트레이닝복으로 갈아입은 히나코가 또 들어와서 베개

옆에 서서 말했다.

"엄마 이러다 죽을지도 모르겠어. 밥은 나도 몰라."

나는 축 늘어져서 말했다.

"우와, 육아방치다."

"히나짱, 제발 부탁이니까 좀 조용히 하고 빨래나 걷어와."

"야, 오늘은 저녁밥 없댄다."

히나코는 나를 무시하고 거실로 가버린다.

"어, 으악, 누나 채널 돌리지 마!"

싸움이 시작된다. 남자애 둘이 있는 거나 마찬가지니 싸움도 아주 본격적이다. 나는 눈을 꾹 감고 이불을 덮어쓴다. 이마가 땀으로 끈적끈적하다. 이번에 깨면 갈아입어야지. 감기에 걸렸을 때는 무엇보다 땀을 내고 옷을 제때제때 갈아입어야 한다. 그것만으로도 충분히 나을 수 있다. 히나코나 다이스케나 어렸을 때는 자주 감기에 걸렸다. 아이들은 깜짝 놀랄 정도로 갑자기 열이 난다. 잠도 자지 않고 옆에 붙어앉아서 한밤중에 옷을 갈아입혀주곤 했다. 베개를 바꿔주고, 이마에 얹은 물수건을 갈아주고. 그런데 이게 뭐냐. 이애들은 나에게 아무것도 안 해준다. 이래가지고서야 노후복지는 기대할 수 없다. 열이 내리면 남편 컴퓨터로 실버맨션이나 검색해봐야지. 아직 한참 뒤의 일이지만, 그래도 그렇게 해야겠다.

그 다음으로 나를 깨운 것은 남편의 목소리였다.

"어이, 당신 왜 이런 데서 자고 있어? 밥은?"

또 밥 타령이냐. 이 집 인간들은 나를 밥 만드는 기계로 생각하고 있는 게 틀림없다.

"나, 체온이 42도나 돼."

조금 과장해서 대답하고는 축 늘어져서 고개를 돌렸다.

"뭐? 그거 큰일인데. 밥은 어떡하지. 어이, 히나, 다이!"

남편은 의젓한 큰아들같이 성큼성큼 방을 나갔다. 이윽고 복도 쪽에서 모두들 왁자지껄 떠드는 소리가 들려온다. 나 피자 먹을래! 피자피자피자피자!! 바보야, 초밥이 피자보다 더 비싸다구. 이왕이면 비싼 거 시켜야지 이득이잖아? 아빠는 튀김덮밥도 좋을 거 같은데. 음, 그럼 딱 공평하게 장어는? 있잖아, 누나, 장어랑 초밥이랑 뭐가 더 비싸?

뭐가 좋아서 저렇게 떠든담. 꼭 소풍 가는 분위기네. 난 이러다 진짜로 죽을지도 모르는데. 나는 이불을 뒤집어쓰고 더욱 안으로 파고들어가서 눈을 꾹 감았다. 왠지 울어버릴 것 같았지만, 여기서 울면 너무 바보 같을 거라는 생각에 눈물을 꾹 참았다. 일부러 잠을 청하지 않아도 저절로 빠져들어버렸다. 진흙탕처럼 무거운 잠 속으로.

눈이 뜨이고 잠시 동안은 내가 몇살이고 여기가 어디인지 헷갈렸다. 아직 머리는 무겁고, 관절은 쑤시고, 얼굴은 뜨거운데 몸 속 깊은 곳은 차다. 방문이 열려 있다. 열 때문에 멍해진 눈을 베란다로 돌린다. 빨래가 휘날리고 있다. 여름과 가을 사이의 부드러운 햇살을 받으며 반짝반짝 빛을 발하고 있다.

바쁜 걸음으로 부엌을 오가는 슬리퍼 소리가 들리는 것 같았다. 삿짱, 사과 깎아왔는데 먹을래? 하는 엄마의 목소리가 들리는 것 같았다. 응, 먹을래. 나는 작게 대답한다. 미닫이문이 열리고 엄마가 들어온다. 차가운 엄마의 손이 이마에 닿는다. 엄마, 나 만화책 좀 사다줘. 뭐? 알았어. 정육점 갔다 오면서 사오면 되겠네. 사과는 여기 놓고 간다.

시장 보고 와서 죽 만들어줄게. 계란죽? 응, 계란 넣어서. 문이 닫히고, 슬리퍼 소리가 멀어진다. 나는 창 밖을 바라본다. 논밭이 펼쳐져 있다. 전선 위에는 참새들이 앉아 있다. 시간이 멈춘 것처럼, 아무것도 움직이지 않는다. 학교 수업 장면을 떠올려본다. 친구들이 모두 칠판을 향해 앉아 있다. 내 책상만이 비어 있다. 항상 있는 곳에 없고, 항상 없는 곳에 지금 있는 것이 이 세계의 신비처럼 느껴진다.

빛을 반짝이며 흔들리는 세탁물을 보면서, 퍼뜩 정신이 든다. 아냐아냐, 나는 열네 살이 아니라 마흔네 살이야. 베란다에서 빛을 받으며 흔들리고 있는 것은 아빠의 러닝셔츠가 아니라 남편인 다이스케의 티셔츠다. 그렇다, 나는 어른이 된 것이다. 결혼한 것이다. 아이도 낳은 것이다. 사과 같은 건, 직접 깎지 않으면 아무도 깎아주지 않는다.

집 안은 쥐 죽은 듯이 조용하다. 다들 학교나 회사에 갔나보다. 어제 저녁은 결국 뭘 먹었으려나.

천천히 상반신을 일으킨다. 갈아입는 걸 깜빡하는 바람에 파자마가 땀에 젖어 살에 찰싹 달라붙어 있다. 목이 타들어갈 듯이 칼칼하다. 무거운 몸을 끌고 억지로 일어나본다. 발걸음이 휘청거린다. 세면대 앞에서 옷을 갈아입고 부엌으로 간다. 냉장고를 열어보니 처음 보는 것이 들어 있다. 중간 선반이 없어지고 그 자리에 커다란 스테인리스 솥이 놓여 있다. 꺼내서 뚜껑을 열어보니 반 정도 높이까지 죽이 들어 있다. 계란과 파가 둥둥 떠 있다.

아까의 환상과 현실이 갑자기 이어져서, 나는 또 열네 살 때의 기분으로 돌아간다. 엄마는 시장 보고 와서 죽을 만든 것이다. 그럼 내 만화책은 어디에 있는 거지? 그런 생각을 하다 말고 갑자기 우스워진다. 웃어버린다.

"이렇게 한 솥 가득 만들어봤자 누가 다 먹어."

넉넉하게 십인분은 될 것 같다. 이렇게 죽을 많이 만드는 건 엄마가 아니다. 부엌에 서본 적이 없는 남편밖에 없다. 그래, 그렇다. 나는 어른이 된 것이다. 연애를 하고, 결혼을 한 것이다. 아이를 낳고, 젖을 먹이고, 감기에 걸렸을 때는 옆에 붙어 간호하고, 그리고 마흔네 살이 된 것이다. 솥을 들어올려서 가스레인지 위에 올린다. 마실 것을 꺼내기 위해 다시 냉장고 문을 연다. 유리그릇에 든 이상한 색깔의 물체가 눈에 들어온다. 꺼내서 잘 살펴보니, 껍질을 벗긴 사과조각이다. 사과를 소금물에 담그지 않고 그대로 넣어 둔 바람에 변색된 모양이다.

따뜻하게 데운 죽과 사과조각을 그릇에 담아 식탁 위로 날랐다. 메모가 놓여 있다. 냉장고에 죽 있으니까 먹어. 남편의 글씨. 사과는 내가 깎았어. 보답은 용돈 올려주는 걸로. 히나코의 글씨. 그 밑에 삶은 문어 같은 여자가 자고 있는 그림이 그려져 있다. 다이스케의 그림인 것 같다.

흥, 하고 웃고는 숟가락으로 죽을 떠 입으로 나른다. 계란은 딱딱하게 굳어 있고 간은 전혀 맞지 않지만, 뜨거운 죽에서는 신기하게도 다정한 맛이 났다. 내가 훨씬 맛있게 만들 수야 있겠지만, 남편의 죽은 내가 만들 수 없는 맛이었다. 엄마가 만들어주는 밥 같다. 엄마의 맛이라고들 하지만, 아무리 흉내려려 해도 엄마와 같은 맛은 절대 나지 않는다. 문득 요리에는 사람의 혼 같은 것이 담겨 있다는 생각이 든다. 만드는 사람이 의도하지 않아도 조리과정에서 그런 재료가 뚝뚝 떨어지는 것이다. 떨어뜨리고 떨어뜨려도, 먹고 먹어도, 바닥이 나지 않는 혼.

입맛은 전혀 없었지만 한 입 먹고 나자 속도가 붙었다.

후우후우 불어가면서, 나는 맹렬하게 죽을 먹었다. 이마에 땀이 나서 관자놀이까지 흘러내렸다.

한 그릇 더 퍼와서 먹었다. 두 그릇이나 먹어도 죽은 전혀 줄어들지 않았다. 다 먹었을 때는 막 갈아입은 파자마가 다시 땀으로 축축하게 젖어 있었다. 엷은 갈색으로 변색한 사과를 입에 넣었다. 사각거리는 소리와 함께 단맛이 났다.

이런 행복이 있을 줄 몰랐어. 어제 텔레비전에서 본 여배우와 실업가의 흉내를 내며, 나는 가만히 입 밖으로 소리내어 말해본다. 왠지 우스워서 후후후, 하고 웃는다. 구름 한 점 없이 행복합니다. 후후후. 난 결혼했을 때 그렇게 느꼈던가. 아이가 태어났을 때 그런 말을 했던가. 했던 것 같기도 하고, 생각조차 안 했던 것 같기도 하다. 잘 기억이 나지 않는다. 십오 년이나 지난 일인걸. 이혼 발표를 한 여배우도 이 년 전의 행복 따위는 분명 잊어버리고 말았을 것이다. 그래도 뭐 괜찮다. 단지 잊어버렸을 뿐, 사라진 건 아니니까.

빈 그릇을 치우지도 씻지도 않고 식탁 위에 그대로 올려놓은 채로, 나는 다시 이부자리로 돌아갔다. 체온계를 겨드랑이 밑에 끼웠다. 슬슬 잠이 오기 시작한다. 창 밖은 여전히 시간이 멈춘 것처럼 조용하다. 세탁물이 반짝거린다. 논밭이 저 멀리까지 펼쳐져 있다. 사과의 단맛이 입 안에 남아 있다. 현재와 과거가 서로 섞여든다. 점점이 찍혀 있는 행복 사이를 나는 오간다. 삐삐삐 소리가 나서, 체온계를 빼낸다.

37도 9분. 숫자를 확인하고 나는 천천히 눈을 감는다.

곰인형

말이지, 새끼손가락을 걸고 약속을 한다든가, 일찍 일어
나서 자기 방만이라도 깨끗하게 청소를 한다든가, 그런 평
소와 다른 특별한 모습을 보여주면 안 되는 걸까? 열시가
넘어서 일어난 딸 하쓰코는 고등학생 때랑 하나도 다를 바
가 없다. 왜 안 깨워준 거야, 엄마! 하고 외치면서 계단을
뛰어내려오질 않나, 술 때문에 얼굴이 부었어! 하고 화장
실에서 소리를 지르질 않나, 속이 아픈데 팥밥 같은 걸 어
떻게 먹어! 하고 식탁 앞에서 또 소리를 지르지 않나, 전혀
감회란 걸 찾아볼 수가 없는 모습이다. 남편은 또 남편대
로, 화장실에 틀어박혀서 울거나 나무 그늘에 앉아서 정원

을 바라보거나 하는 감상적인 모습은커녕, 떠들썩한 쇼 프로그램에 채널을 맞춰놓고 앉아서 팥밥을 세 그릇째 먹고 있고, 심지어는 텔레비전에 한눈을 팔다가 바지에다 된장국을 흘리고는 쯔쯔 혀를 차고 있다.

이것이 하나뿐인 딸의 결혼식날 아침 풍경이라니, 마치 지금까지의 내 생활을 상징하는 것 같다. 감동도 운치도 없이 이리저리 쫓기기만 해온 나의 생활.

"열한시에 택시가 오기로 했으니까 빨리 준비해. 당신은 자기가 먹은 그릇은 씻어놔요."

나뿐이다. 이른 아침부터 일어나 팥밥을 하고, 모아놓은 지참품에 빠진 게 없는지 체크하고, 미용실 문을 평소보다 조금 일찍 여덟시에 열어달라고 부탁해서 올림머리를 만들고, 정성들여 화장을 하고, 아홉시 반에 벌써 예식용 기모노로 갈아입고, 언제라도 나갈 수 있도록 침착하게 만반의 준비를 끝내고 앉아 있는 것은.

아아 미치겠다, 피부관리실 갔다 온 보람이 없잖아! 어제 그렇게 마시지 말걸. 거실 소파에 책상다리를 하고 앉아서 얼굴에다 스킨을 두드려 바르면서 하쓰코가 투덜대고 있다.

"엄마가 뭐라 그랬어. 대체 결혼식 전날에 한밤중까지 술 마시는 사람이 어딨니?"

"그래도 독신으로서의 마지막 밤인데 싱겁게 끝낼 수는 없잖아. 내가 주인공이니까 먼저 일어날 수도 없고."

"네 친구들도 참 문제다. 상식적으로 주인공일수록 빨리 집에 보내줘야 되는 거 아니니? 근데 얘, 너 혹시 마모루 앞에서도 그런 자세로 앉아 있는 거 아니지? 그러다간 일 주일 만에 소박맞고 쫓겨나겠다."

"아~ 아~ 엄마, 제발. 오늘 같은 날은 아침부터 잔소리 좀 안 하면 안 돼?"

"여보, 이 얼룩 표 많이 나나?"

뒤를 돌아보니 남편이 서 있다. 바지 한쪽이 젖어서 색깔이 짙어져 있다.

"검은색이니까 모를 거예요. 어쩔 수 없지, 자기가 흘린 건데."

말은 그렇게 하면서 나는 물수건을 갖고 와서 바지 얼룩을 두드리고 있다. 정말 이게 뭐 하는 짓이람.

열한시에 허겁지겁 택시를 타고 출발했다. 남편도 하쓰코도 울기는커녕 택시 안에서 시끄럽게 떠들어대고 있다. 나는 모르는 척하고 조수석에 앉아 창 밖을 바라보았다.

식장에 도착하자마자 허겁지겁 마모루와 그 부모님들과 멀리서 온 친척들에게 인사를 하고, 하쓰코와 함께 신부대기실로 들어가서 헤어메이크업을 받고 웨딩드레스를 입는 하쓰코를 보았다. 메이크업을 받을 때만 해도 "엄마, 나 얼굴 아무래도 부은 거 같지?" "봐봐, 이러니까 나 꼭 연예인 같지 않아?" 하고 쉴새없이 떠들어대던 하쓰코는 막상 웨딩드레스를 입을 때가 되자 갑자기 조용해진다. 긴장한 거겠지. 옛날부터 그랬다. 직전까지는 마구 들떠 있다가, 급브레이크를 밟은 양 갑자기 긴장하는 것이다. 운동회날도, 전교생 앞에서 작문을 읽던 날도, 시험날도 그랬다.

"진짜 과음했나보다. 누가 봐도 부은 거 알겠어."

긴장을 풀어줄 생각으로 내가 가볍게 농담을 던지자, 가만히 거울 안의 자신을 응시하고 있던 하쓰코의 눈에 점점 눈물이 고이더니 뚝, 하고 커다란 물방울이 떨어진다.

"너무해. 그렇게 확인사살할 거 없잖아. 나도 오늘만은 제일 예쁜 모습이고 싶단 말야. 왜 그렇게 말하는 건데? 오늘이 제일 못생겨 보인다고 그런 말을 왜 하는 건데!"

줄줄 눈물을 흘리면서 화를 낸다. 어머머, 화장이…… 웨딩드레스를 입혀주던 여자들이 황급히 티슈를 건네준다.

"제일 못생겨 보인다는 말은 안 했어. 좀 부었다고만 했지. 통통해서 귀여운걸."

위로할 생각으로 한 말이었는데, 역효과였다.

"통통하다니, 너무해!"

이것도 언제나 겪는 일이다. 이 아이 본인의 말을 빌리자면, 긴장이 극에 달하면 자기가 되레 화를 내버리게 되는 것이다.

나는 한숨을 쉬고는, 무슨 말을 해도 신경을 건드리겠다 싶어 그냥 대기실을 나왔다. 화장이 망가지지 않았을까 하고 화장실로 가는데 마침 남자화장실에서 나오는 남편과 입구에서 딱 마주쳤다.

"얼룩 어때요? 검은색이니까 별로 티 안 나죠?"

나는 남편의 바지를 확인했다. 남편은 방심한 듯이 멀뚱히 서 있다가 문득 중얼거렸다.

"정말 괜찮겠어?"

"괜찮거나 말거나 식까지 삼십 분밖에 안 남았는데, 지금 와서 그런 말을 해봤자……"

이제 겨우 딸이 결혼한다는 실감이 나기 시작하나 하고 혀를 차면서 말하다가, 나는 갑자기 입을 다물었다. 남편이 지금 걱정하는 것은 딸이 아니라 바로 나라는 것을 깨달은 것이다.

오늘을 위해 분주하게 이것저것 준비하느라 완전히 잊고 있었지만, 그렇다. 하쓰코의 결혼식이 끝나면 우리들은 헤어지기로 했다. 이혼하기로 한 것이다.

"괜찮거나 말거나," 나는 아까와 똑같은 말을 반복했다. "벌써 한참 전에 결정한 일이잖아요."

"그렇긴 하지만."

그렇게 말하며 나는 아까부터 같은 자세로 계속 멀뚱히 서 있는 남편을 물끄러미 쳐다본다. 삼십 년 전, 갓 스무 살을 넘겼을 무렵 처음으로 본 남편의 모습이 겹쳐진다. 새카만 머리, 오뚝하게 쭉 뻗은 콧날, 웃을 때 드러나는 흰 치아, 햇볕에 그을린 얼굴. 그때는 내 연인인 이 남자가 세상에서 제일 멋지다고 믿어 의심치 않았었다.

"아 맞다, 가와사키 사시는 할아버지가 아까 도착하신 것 같던데 인사했어요? 대기실에 계시니까 빨리 가서 얼굴이라도 내밀고 와요."

나는 일부러 빠른 어조로 말하며 도망치듯 화장실로 들어가서 파우더룸 의자에 걸터앉는다. 핸드백에서 콤팩트를 꺼내고, 파운데이션이 지워진 부분에 퍼프를 누른다.

하나뿐인 딸의 결혼식인데 아무런 느낌도 없냐고 남편을 비난할 권리는 내게 없다. 하쓰코에게서 결혼하고 싶은 사람이 있다는 말을 들었을 때 내가 제일 먼저 떠올린 생각은, 남편과 헤어지자는 것이었다. 하쓰코도 집을 나간다. 독립한다. 이것보다 좋은 기회는 없다고 생각했다. 남편의 외도는 딱 한 번이었다. 삼십대의 몇 년간. 그 당시 나는 아무것도 모르고 있었다. 밥을 하고 다림질을 하고 방 청소를 하면서, 야근과 휴일 특근이 잦은 남편에게, 우리들의 생활을 지켜주어서 고마워요 하고 감사의 마음까지 갖고 있었다.

바람을 피운 적이 있다고 남편이 고백한 것은 오 년 전, 내 마흔일곱 살 생일날이었다. 하쓰코와 셋이서 근처 초밥집에서 식사를 하고 돌아오자마자 남편이 술을 마시기 시작하더니 평소와 다르게 같이 마시자고 불렀다. 그리고 하쓰코가 자기 방으로 들어가고 한 시간 정도 지나자 갑자기 이미 다 끝나버린 그 일을 고백한 것이다. 그러고는 쥐 죽은 듯이 조용해진 거실에서 머리를 숙였다. 미안해, 하고.

왜 지금 말하는 거야? 놀라거나 질책하기에 앞서 나는 먼저 그렇게 물었다. 이해할 수 없었다. 왜 지금 와서 그런 말을 하는 건지.

줄곧 죄책감을 갖고 있었다고 남편은 말했다. 나는 당신 말고 다른 사람이랑 살 생각은 없고, 당신하고밖에 살아갈 수 없다고 생각한다, 그러니까 말해주고 싶었다, 사과하고 싶었다. 그렇게 말했다.

그후로 나는 잊어버리려 노력했다. 무엇보다 이미 지나버린 일이고, 남편은 나하고밖에 못 산다고 하지 않는가. 앞만 보려고 했다. 하지만 그럴 수 없었다. 남편은 외도 사실을 고백함으로써 죄책감에서 벗어났을지도 모른다. 하지만 그 대신에 나에게 큰 짐을 지게 했다는 것을 모르고 있다. 그런 남편의 무신경한 처세에도 화가 치밀었다.

작년 말 하쓰코가 결혼하고 싶은 사람이 있으니 설날에 집에 데려오겠다고 말을 꺼냈을 때 내 머릿속에 제일 먼저 떠오른 생각은 상대의 직업도 가족관계도 아니었다. 이혼하겠다는 것이었다. 그리고 그제야 비로소 내가 남편을 용서하지 못하고 있다는 사실을 깨달았다.

설날에 마모루가 집에 인사하러 왔다. 나는 너무 긴장한 나머지 과음 후 일찍 잠들어버린 남편을 흔들어 깨워서, 우리 이혼해요, 하고 말했다. 이제 곧 쉰두 살이니 다시 시작할 수 있는 지점을 훨씬 지나버린 나이지만, 아니 바로 그렇기 때문에 이제 앞으로는 내 뜻대로 살아가고 싶어요. 이제 누군가를 위해('당신을 위해'라고는 말하지 않았다) 밥을 하고 다림질을 하는 건 질색이에요.

남편은 잠이 덜 깬 얼굴로 당황한 듯 나를 잠시 쳐다보았지만 곧, 알겠어, 하고 술냄새 풍기는 한숨을 쉬고는 다시 이불을 덮었다. 정말로 알아들은 걸까, 자고 일어나면 잊어버리는 게 아닐까 걱정이 되었지만, 다음날 아침밥을 먹

으면서 남편은 "어떻게 해도 소용없겠지" 하고 혼잣말하듯
말했다.

하쓰코의 결혼식 절차를 결정해가는 한편 우리는 이혼
에 대해서도 결정을 내렸다. 일단 하쓰코의 결혼식에 부부
가 나란히 참석하자는 데는 의견이 일치했다. 이혼신고도,
이사도, 그 외 여러 일들도 식이 끝난 후에 실행하기로 합
의했다. 하쓰코에게도, 결혼해서 남편의 성을 따른 이후에
말하기로 했다.

화장을 다 고친 나는 일어나서 화장실을 나왔다.

남편의 팔짱을 낀 하쓰코가 버진로드를 걸어가고 있다.

얼굴이 부었다며 울고불고 난리친 것치고, 드레스를 입
은 하쓰코는 참 예쁘다. 너무 예뻐서 꼭 세상일을 아무것도
모르는 여자 같다. 남편은 신부의 손을 신랑에게 넘겨주었
고. 드디어 식이 시작되었다.

건강할 때나 병든 때나. 신부님이 익숙한 주례사를 읽어
내려갔다. 부유할 때나 가난할 때나. 나는 어느새 삼십 년
전의 내 모습을 그들에게 겹쳐본다. 이렇게 근사한 식장은

아니었지만, 하쓰코와 마모루처럼 나와 남편은 신부님 앞에서 고개를 숙이고 엄숙한 기분으로 저 말을 듣고 있었다. 드레스를 입고 있던 나는 눈물이 나올 것 같았다. 건강할 때나 병든 때나, 서로를 사랑하고 서로를 존중하며 — 아아, 정말로 그랬다. 나는 언제 어떠한 때라도, 이 사람을 사랑하자, 이 사람을 존중하자, 도와주자, 위로해주자. 죽음이 두 사람을 갈라놓을 때까지. 그렇게 생각하는 나 자신에게, 그리고 그렇게 생각하고 있을 남편에게 감동해서 눈물이 나올 것만 같았다.

맹세하겠습니까. 신부님이 묻자, 네, 맹세합니다, 하고 씩씩하게 대답하는 마모루의 목소리가 들리고, 네, 맹세합니다, 라는 조용한 하쓰코의 목소리가 들린다.

삼십 년이 흐른 지금 이곳에 앉아 있는 나는 그 모습을 보면서 낯이 뜨거워진다. 물론 하쓰코가 결혼하는 것은 진심으로 기쁘고 축복할 일이지만, 익숙한 저 선서의 말들이 결코 아무것도 보장해주지 않는다는 것을 나는 알고 있다.

반지를 교환하고 키스를 한다. 남편은 부끄러워하며 내 볼에 입술을 갖다대는 시늉만 했었지만, 마모루와 하쓰코는 외국인들처럼 진하게 입을 맞추고 있다. 요새 애들은 정말 부끄러운 줄을 모른다니까.

짧은 식이 끝나고 피로연이 이어진다. 결혼식장은 순간 활기를 띠기 시작한다. 샴페인이 나오고 건배를 하고, 마모루와 하쓰코의 직장상사가 축사를 하고, 전채와 맥주가 나오고, 마모루와 하쓰코의 친구들이 하나 둘씩 나와 바보 같은 재롱을 부린다. 서투른 노래며 코미디언들 흉내며.

나와 남편은 나란히 앉아 잠자코 음식들을 먹었다. 같은 테이블에 앉아 있는 마모루의 부모님들을 나는 흘끔흘끔 훔쳐보았다. 우리들과 나이 차가 별로 나 보이지 않는 두 사람은 꼭 신혼부부처럼 화목해 보인다. 쉴새없이 이야기를 하다가 누구 한쪽이 일어나서 단상 위에 앉아 있는 마모루와 하쓰코를 향해 카메라 셔터를 누른다. 그런가 싶더니 그 카메라를 생각났다는 듯이 나와 남편을 향해 들이댄다. 거절할 수도 없어서 나와 남편은 그때마다 고개를 들고 억지로 미소를 짓는다. 이 사진이 현상되어 보내질 무렵에는, 우리는 이미 함께가 아닐 텐데.

음식에 거의 손을 대지 않고 있는 남편의 무릎을 가볍게

쳤다.

"과음하는 거 아니에요? 음식은 안 먹고 술만 마시다 취하면 안 좋은데."

남편은 내 말을 무시하고 레드와인을 꿀꺽꿀꺽 마셔댔다.

갑자기 조명이 꺼졌다.

"그러면 신랑 신부 두 사람이 부모님께 드리는 편지를 읽겠습니다. 양가 부모님들, 일어나주세요."

사회자 남자가 외치자 우리들 자리에 팟 하고 스포트라이트가 비쳤다.

"어머, 뭐지? 이런 얘기 안 했잖아요."

나는 당황해서 남편에게 말했다. 취해서 코끝이 빨개진 남편도 "나도 못 들었어" 하고 불평하듯이 말했다.

입가에 미소를 띠고 자연스럽게 일어나는 마모루의 부모님들을 보고 나도 얼른 자리에서 일어났다. 일어나지 않으려는 남편의 팔을 잡고 억지로 일으켜세웠다.

신랑 신부가 걸어와서 우리들 앞에서 멈춰 선다. 먼저 마모루가 편지를 읽는다. 어렸을 때의 추억과 감사의 마음. 앞으로의 포부. 마모루의 어머니는 마모루가 첫마디를 뗄 때부터 콧물을 훌쩍이기 시작해, 중반부터는 거의 통곡에 가깝게 소리내어 울었다. 마모루는 마지막으로 우리 부부를 향해 "아버님, 어머님, 하쓰코는 제게 맡겨주십시오. 부디 이 새로운 아들을 잘 부탁드립니다" 하고는 낭독을 마쳤다. 나는 왠지 꺼림칙한 기분으로 고개를 숙였다.

다음은 하쓰코 순서다. 하쓰코는 손에 쥐고 있던 편지를 펼치고 읽어내려가기 시작했다.

"아빠 엄마, 오늘까지 키워주셔서 감사합니다. 제멋대로 굴어서 죄송해요. 중학교 때 가족여행 가기 싫다고 떼써서 죄송해요."

마모루와 비슷한 내용이다. 아마 둘이서 같이 썼겠지.

"저는 결혼하면 제가 자란 집 같은 가정을 만들고 싶어요."

마이크를 통해 울려퍼지는 하쓰코의 목소리. 그런 말 하지 마. 우리들은 좀 있으면 헤어질 거야. 마모루의 어머니는 또 울고 있다.

"엄마와 아빠한테서 태어나서 행복해요. 만약 저한테도 아이가 생긴다면 그렇게 생각하게 만들어주고 싶어요. 우리집은 저의 이상이에요."

옆에 서 있는 남편을 보았다. 남편 역시 꺼림칙한 표정으로 고개를 숙이고 있다. 저런 말을 들을 자격이 없다고 남편도 생각하고 있는 것이다.

"앞으로도 잘 부탁드립니다."

하쓰코는 우리를 향해 고개를 숙여 인사하고, 이어서 마모루의 부모님에게도 꾸벅 고개를 숙였다. 마모루의 아버지도 어느새 울고 있다.

이제 다 괜찮을 것이다. 나는 마음속 깊이 안도의 숨을 내쉰다. 마모루도, 마모루의 부모님도 친절하고 따뜻한 사람들이다. 죽음이 두 사람을 갈라놓을 때까지 함께할지 어떨지는 모르겠지만, 저 사람들은 하쓰코에게 나쁜 짓은 하지 않을 것이다. 내 역할은 끝났다.

"다음으로 신랑 신부가 부모님에게 선물을 드리겠습니다."

사회자의 목소리가 울려퍼진다. 아직 뭐가 남았나? 신랑 신부는 부스럭거리며 무언가를 들고 와서는 각자 손에 든 것을 우리들에게 건네주었다. 인형이었다. 곰인형. 뜬금없이 웬 인형이람…… 의아해하면서 하쓰코의 손에서 그걸 받아든 순간, 나는 이상한 감정에 사로잡혔다.

이 느낌. 나는 알고 있었다. 뭐였더라, 이렇게 부드럽고 적당히 무겁고, 그러면서 왠지 가벼운 이 느낌. 손에 든 것의 무게감이 시계태엽을 점점 뒤로 감아간다. 하얀 천장, 눈부신 빛, 세상에서 제일 멋진 남편의 우는 얼굴, 갓난아기의 울음소리, 어떤 음악보다도 기분 좋게 들렸던 그 울음소리, 그리고 그때까지 전혀 느껴본 적 없었던, 뭐라 말할 수 없는 행복한 기분. 하느님, 감사합니다. 저를 이 세상에 태어나게 해주셔서 감사합니다. 살아 있다는 건 멋진 일이야. 정말로 멋진 일이야. 그 순간 나는 진심으로 그렇게 생각했다.

그 순간. 이 세상에 태어난 조그만 아기를 가슴에 안던 순간.

그때와 똑같이 나는 손에 들고 있던 부드러운 물체를 가만히 남편에게 건네준다. 언제부터인가 세상에서 제일 멋진 사람이 아니게 된 남편이, 그때와 똑같이 머뭇머뭇하며 그것을 받아안는다.

"이 인형은," 사회자의 목소리가 어두운 장내에 울렸다. "마모루와 하쓰코가 태어났을 때와 똑같은 무게입니다."

마모루 어머니, 그렇게 큰 소리로 우는 건 좀⋯⋯그렇게 생각했지만, 그 울음소리는 나의 것이었다. 아니, 남편의 것인지도 모른다. 우리들은 소리내어 울고 있었다. 서로를 끌어안고 엉엉 울었다. 처음에 타인으로 만났다가 조금 있으면 다시 타인으로 돌아가는 너무나도 평범하기 그지없는 우리들이, 지금까지의 삼십 년 동안 일으켰던 기적들을 떠올리며 울었다.

"아이 참, 왜 그렇게 울어."

창피한 듯이 중얼대는 하쓰코는, 우리들의 기적은, 지금까지 본 것 중 최고로 예뻤다.

눈물

눈을 떴을 때, 도대체 내가 몇살이고, 어디에 있으며, 무슨 일을 하는지, 이름이 뭔지 생각이 나지 않는 때가 많아졌다. 천장을 가만히 노려보며 기억해내려 애쓴다. 그러다보면 천장 벽지의 자잘한 무늬가 눈에 들어와서, 천장의 무늬가 무엇으로 보이는지, 말인지, 개인지, 누군가의 얼굴인지, 아이스크림인지, 나 자신의 정체를 생각해내려는 처음 목적에서 벗어나 그런 것에 열중해버려서 점점 자신이 누구인지 알 수 없게 되어버린다.

때때로 번쩍하고 선명하게 떠오르는 것들도 있다.

큰일났다, 학교에 지각하겠어. 교복 리본은 어제 다림질

해놨던가? 오늘은 구와바라 선생님이 예고 없이 쪽지시험을 안 쳐야 할 텐데. 수업 끝나고 합창부 연습이 있으니까 늦게 온다고 엄마한테 말해놔야지.

아아, 열시에 역 앞 커피숍에서 만나기로 했는데 늦잠을 자버렸네. 스기타는 화 안 났을까? 어차피 샤워할 시간은 없으니까 화장이라도 빨리 해야지. 옷은…… 스기타가 어울린다고 해줬던 연두색 치마로 하자. 빨리, 빨리 일어나야 돼.

아차, 저녁밥 해야 되는 걸 잊어버리고 자버렸다. 남편이랑 아이들이 저녁도 안 먹고 곧 집에 올 시간인데. 오늘은 여유 있게 비프스튜를 만들 생각이었는데 아직 시장도 안 봐왔네. 냉장고에 뭐 남아 있는 재료가 있나?

오늘은 무슨 날이지? 아, 깜빡할 뻔했다. 내일 우리 딸이 시집가는 날이잖아. 미용실 예약을 했던가? 허리띠 장식은 뭘로 하려고 했더라? 식장은 착오 없이 전통식 방으로 준비해뒀을까? 그건 그렇고, 얘는 내일 신부가 될 사람이 빨리 집에 안 들어오고 어딜 이렇게 돌아다니고 있는 거지?

이런 식으로, 그때마다 서로 다른 것들이 머리에 떠오른다.

어느 것이나 실제의 나 자신이며, 그때그때마다 나는 진짜 엄마가 되기도 하고 진짜 중학생이 되기도 한다. 그러는 사이에 자포자기한 심정이 되어버린다. 학교 따위는 그냥 빼먹어버려, 약속 같은 거 그냥 바람맞혀버려, 저녁밥은 그냥 안 해도 돼, 미용실 같은 거 가지 말아버려, 이렇게 따뜻하고 기분 좋은 때도 드문데 오늘은 하루 종일 잠이나 자버리자.

그리고 정말로 잠이 든다. 다음번에 눈을 떴을 때는 또 내가 누구인지 모르는 상태이다.

"사유리, 뭐 하니?"

누가 부르는 소리에 뒤를 돌아보니 분홍색 옷에 체크무늬 앞치마를 두른 젊은 여자가 나를 향해 미소를 짓고 있다. 아아, 사유리. 나를 말하는 건가? 그게 내 이름인가?

"전화하고 있어."

나는 한숨을 쉬며 말한다. 공중전화 앞에서 수화기를 들고 있는 걸 보고도 모르나. 설마 튀김이라도 튀기러 가는 걸로 보이는 건 아니겠지?

"어디에 거는데?"

젊은 여자는 애교 있는 목소리로 묻는다.

"남편 회사에. 몸이 좀 안 좋아서 자고 있을 테니까 저녁밥은 밖에서 먹고 오라고 하려고."

젊은 여자는 왜그런지 순간 울 것 같은 표정을 지었다가, 금방 억지로 웃어 보이며 말한다.

"내가 대신 걸어줄 테니까 사유리는 텔레비전이라도 보고 있어."

나는 여자를 물끄러미 쳐다보았다. 이 여자, 겉으로는 착해 보이지만 어쩌면 남편이랑 그렇고 그런 관계인 게 아닐까. 남편한테 전화해서 부인이 저녁밥을 안 한다니까 나랑 식사나 해요, 하고 저 애교 있는 목소리로 말하는 건 아닐까. 흠, 나중에 엿듣고 확인해봐야겠군.

"그럼 좀 부탁할게. 번호는……"

나는 남편의 회사 전화번호를 천천히 말한다. 여자는 앞치마 주머니에서 메모지를 꺼내 그걸 받아적고는 내 휠체어를 밀어 텔레비전 앞으로 데려간다. 텔레비전 앞에 놓인 소파에는 노인들만 잔뜩 앉아 있다. 모두 멍하니 아무 말

없이 텔레비전만 바라보고 있다.

"그럼 전화 걸고 올 테니까 사유리는 텔레비전 보고 있어."

젊은 여자는 재빨리 자리를 떴다. 여자의 뒤를 쫓아야 한다. 여자가 전화로 남편에게 무슨 말을 하는지 엿들어야 한다. 하지만 생각과는 달리 움직일 수가 없다. 휠체어를 움직이는 데는 생각보다 꽤나 힘이 드는 것이다. 텔레비전 안에서는 낯익은 남자가 무슨 말인가를 하고 있다. 누군가의 상담을 받아주고 있는 모양이다. 상담자는 칸막이로 가려진 맞은편에 있다. 시어머니가 어쩌니, 빚이 어쩌니. 나는 여자의 뒤를 쫓겠다는 생각은 까맣게 잊어버린 채 텔레비전에 빠져든다.

"정말, 도장 같은 건 함부로 찍으면 큰일나지. 그쵸?"

소파에 앉아 있던 노파가 내게 말을 붙여왔을 때, 나는 문득 생각이 났다.

내 남편은 벌써 한참 옛날에 죽었다. 내 이름은 사유리. 이곳은 노인들을 위한 복지시설. 이 방은 휴게실. 아까의 여자는 이곳 간호사이다. 그리고 나는 열다섯 살도 서른일

곱 살도 아니고 그보다 훨씬 오래 살아온, 방금 말을 걸어
온 누군가와 비슷한 나이의 할머니다.

휴게실 구석에 앉아 있는 간호사를 부른다. 아까 여자보
다는 조금 더 나이 든 여자가 다가온다. 나는 방까지 좀 데
려다달라고 부탁한다. 여자는 휠체어를 밀고 가서 나를 안
아올려 침대에 누인다.

"잠깐만요, 저기 서랍에 노트랑 펜이 있을 텐데 좀 꺼내
줘요."

여자는 내 말대로 침대 옆 협탁에서 노트와 펜을 꺼내 내
게 건넨다.

"침대를 좀 높게 올려줄래요? 아, 고마워요. 기억하고
있는 동안 해야 할 일이 있어서요."

"또 필요한 거 있으시면 불러주세요."

여자는 웃는 얼굴로 말하고 방을 나간다.

나는 침대에 앉아 노트를 펼친다. 의식이 또렷할 동안에
써놔야 한다. 내가 남길 것들을 누구에게 줄 것인지. 그리
대단한 걸 갖고 있는 건 아니지만, 그래도 내가 보내는 마
지막 선물들이다. 결혼반지랑 싱가포르 여행에서 산 루비.

이건 다카히로의 신부인 기와코에게 주자. 예복과 외출용 기모노, 그리고 엄마에게 받았던 자수 허리띠는 딸 치에에게. 최신형 재봉틀은 가요짱에게 선물로 줘야지. 오더메이드 투피스, 이건 처음 보고 '정말 멋지다'라며 감탄했던 도모짱에게. ……아, 참. 가요짱도 도모짱도 이제 이 세상에 없지…… 그럼 둘 다 사키요 씨에게 줄까.

무심코 그 이름을 떠올린 것에 흠칫 놀라, 나는 노트에서 고개를 든다.

사키요 씨는 남편의 애인이었다. 언제부터 언제까지 사귀었는지 정확히는 모른다. 남편은 내게 들키고 난 후 헤어졌다고 말했지만 실은 그후로도 죽 이어졌던 게 아닐까 싶다. 계속 미워하고 있었다. 사십대, 오십대가 되어도 잊을 만하면 다시 떠올라, 얼굴도 모르는 그 사람을 미워하고 저주해왔다. 그렇게까지 누군가를 심하게 미워한 적은 없었다. 전화로 얘기한 적이 딱 한 번 있었다. 남편의 장례식에 참석하고 싶다고 부탁해온 것이다. 물론 거절했다. 꽤나 심한 말도 했다. 누군가에게 그렇게 심한 소리를 한 것도 그것이 처음이자 마지막이었다.

지금이라고 해서 딱히 용서한 것도 아닌데, 나는 소꿉친구들에게 줄 수 없는 것들을 그녀에게 선물할 생각을 하고 있다. 대체, 어떻게 그럴 수가 있담.

나는 다시 노트를 바라보았다. 삐뚤빼뚤한 글자가 흰 종이 위를 기어가고 있다. 귀찮아져서 노트를 베개 밑에 밀어넣고 침대에 눕는다. 눈을 감는다. 잠들려고 하지 않아도 잠은 금방 찾아온다.

한번 만나볼걸 그랬어, 사키요 씨를. 가끔 그런 생각을 한다. 만약 지금 만난다면 묻고 싶은 것들이 잔뜩 있다. 있잖아요, 그 뚱뚱한 대머리 아저씨의 어디가 그렇게 좋았어요? 남편이 해준 것 중에 제일 기뻤던 건 뭐였나요? 남편한테 받은 것 중에 가장 소중한 건 뭔가요? 남편의 어떤 부분을 싫어했나요? 뭐 때문에 다퉜나요? 말이죠, 난 말이죠……

멀리서 나를 부르는 목소리가 들린다.

사유리짱. 사짱. 엄마. 할머니. 어이, 너. 사유리 씨. 여보.

호칭은 제각각이지만 전부 나를 부르는 것이라는 건 알

수 있다.

어렴풋하게 눈을 뜬다. 오늘은 내가 몇살이고 누구라는 것을 생각해내려 하지 않아도 알 수 있다. 나는 고야마 사유리. 결혼하고 나서 남편 성을 따라 아라타 사유리가 되었다. 자식은 둘. 손주는 셋. 다음 생일이면 일흔일곱 살이 된다. 하지만 아마 그때까지 살 수는 없을 거라는 것도, 왠지 오늘은 확실히 알 수 있다. 그리고 또하나 알 수 있는 것, 나는 아무것도 아니라는 사실. 칠십육 년 구 개월을 살아온, 사유리라는 이름을 가진 누군가일 뿐이다.

또 나를 부르는 목소리가 들린다. 꽃향기가 난다. 이건 백합. 백합 향기다. 고개를 돌려보니 생각했던 것보다 많은 사람들이 있어서 깜짝 놀랐다. 대체 어떻게 된 거지? 무슨 일이 있었던 거지?

다카히로가 보인다. 그 옆에는 기와코. 책가방을 멘 료, 미키마우스 머리띠를 한 아이도 있다. 어머, 왜 저런 머리띠를 하고 있는 거람. 아, 그렇지. 저건 할머니가 사준 거였지. 료의 책가방도 그랬지. 이 할머니가 선물해줬던 거였어. 고개를 반대로 돌리자 이번에는 치에가 보인다. 치에와, 치에의 남편. 남편의 팔에는 리나가 안겨 있다. 리나는 이제 돌이 지났던가. 리나가 입고 있는 원피스는 내가 최신형 재봉틀로 만들어준 것이다. 치에도 참, 선물해줬을 때는 유행이 지났다느니 하고 투덜거렸지만, 이것 보렴, 입혀놓고 보니까 역시 귀엽지? 치에의 목에는 진주목걸이가 빛나고 있다. 내가 결혼 축하선물로 줬던 목걸이다. 세트로 들어 있던 귀걸이는 어쨌니? 설마 잃어버린 건 아니겠지?

그리고 치에 뒤에 서 있는 것은…… 가요짱, 도모짱, 너희들도 와준 거니? 옛날이랑 변한 게 하나도 없네. 가요짱은 머리카락이 가늘어서 세 갈래로 땋으면 수수깡처럼 되어버렸지. 도모짱 오른쪽 뺨에 보조개가 패는 것도 중학생 때랑 똑같네. 너희들, 뭐가 그렇게 재미있어서 웃고 있는 거야? 둘 뒤에서 웃고 있는 건 누구지? 아, 알았다. 당신이 사키요 씨죠? 만난 적은 없지만 금방 알 수 있어. 와줬군요, 고마워요. 당신이랑 얘기하고 싶은 게 잔뜩 있지만, 여기선 좀 그렇네요…… 가지 말고 있어봐요. 나중에 천천히 얘기하자구요.

다카히로 쪽을 바라보니 어찌 된 일인지 그이, 내 남편까지 있다. 어머, 큰일났네. 여보, 보니까 사키요 씨가 여기와 있어요. 그런 데서 멀뚱히 서 있지 말고 얘기라도 좀 하지 그래요? 그리고 그 옷은 또 뭐예요. 그 줄무늬 셔츠는 당신이 입기엔 너무 젊다니깐…… 아 참, 그거 내가 사준 거였죠? 그 왜, 백화점에서 점원 아가씨가 추천하길래, 젊어보이는 것도 좋겠다 싶어서 리본까지 달아서 선물했었죠? 그걸 아직 갖고 있었어요?

열려 있는 문에서 또 사람들이 들어온다. 놀란 나는 눈을 동그랗게 떴다. 아빠랑 엄마, 그리고 아키 언니. 정말 오랜만이네. 그 동안 어디서 뭘 하고 있었어?

흠, 대집합이군. 참 별일도 다 있네. 다들 생글생글 웃고 있고 말이야. 얼굴을 마주 보고, 이야기를 나누면서 웃고, 바닥에 주저앉아 내게 뭐라고 말을 건다. 하지만 무슨 말을 하는지는 알 수 없다. 목소리가 너무 작아서 들리지 않는다. 좀더 큰 소리로 말해줄래?

그래, 모두 모였으니까 마침 잘 됐다. 잃어버리기 전에 모두에게 전해줘야지.

나는 침대 손잡이를 잡고 일어나려 한다. 오늘따라 몸이 무거워서 상반신도 일으킬 수가 없다. 괜찮아요, 누워 있으세요, 하고 기와코가 손짓으로 말한다. 그래? 미안해. 그럼 실례지만 이 상태로 말할게요.

저기, 여러분, 그 노트에 내가 여러분에게 줄 것들이 적혀 있답니다. 이런 건 필요없다고 할지도 모르겠지만, 부디 받아주시면 감사하겠어요.

치에가 귓전에다 대고 뭐라고 말한다. 뭐라구? 좀더 큰 소리로 말해봐. 못 알아듣겠어.

엄마, 우리는 아무것도 필요없어. 이제 아무것도 필요없다구. 이미 충분히 받았는걸.

치에가 그렇게 말했다.

충분히 받았다고? 나에게? 아냐, 뭐 대단한 걸 준 적도 없는걸…… 그렇게 말하려는 순간, 산길에서 갑자기 안개가 걷히듯이 여러 가지 것들이 눈앞에 떠올랐다. 정말로 여러 가지, 대단한 것이 아닌 것들과, 대단한 것들 전부가.

책가방, 검은색 에나멜 구두, 머리에 묶는 리본, 촛불이 꽂힌 데커레이션 케이크, 레코드와 책, 예전부터 갖고 싶었던 원피스, 손목시계, 만년필, 고층빌딩에서 내려다본 야경과 부드러운 입맞춤, 약혼반지, 그리고 맹세의 말, 결혼식 베일과 손수 만든 드레스, 신형 오븐, 온천여행, 아이들의 작은 옷, 나를 그린 낙서 같은 그림, 자동차의 조수석, 레스토랑 풀코스, 카네이션과 싸구려 앞치마, 싱가포르 여행, 다이아몬드, 기모노 허리띠, 서툰 글씨로 쓴 편지.

할아버지 할머니에게서, 아빠에게서, 엄마에게서, 언니에게서, 친구에게서, 연인에게서, 남편에게서, 아이들에게서, 손주들에게서 칠십육 년 동안 받아왔던 모든 것들. 그것들이 놀랄 만큼 선명하게 눈앞에 떠올랐다가는 사라져간다. 당신들에게 받은 것만큼 내가 당신들에게 준 것들은 많지 않아, 그렇게 말하려다가 나는 깨닫는다.

있잖아요, 당신들에게 받은 것들 전부, 지금은 아무것도 내 손에 없어요. 어디로 가버린 걸까요? 책가방도 만년필도, 앞치마도, 심지어 다이아몬드까지도 난 지금 갖고 있지 않아요. 잃어버리고 말았어요. 누군가에게 받아서 지금까지 내가 갖고 있는 건 사유리라는 내 이름뿐이에요. 이런, 당신들에게 줄 것들이 지금은 아무것도 없네. 이름을 줄 수도 없고…… 봐요, 이상한 일이죠. 나, 모두 잃어버렸어요. 모두들 날 생각해서 선물해준 것들인데, 미안해요.

모두들 내 고백을 생글생글 웃으며 듣고 있다. 그래서 약간 미안한 마음이 풀렸다. 다행이다, 아무도 화내지 않았어. 모두에게서 받은 것들을 하나도 갖고 있지 않은 나를 아무도 뭐라고 나무라지 않아. 다들 오늘은 평소보다 기분이 좋은 걸까? 누구 생일이거나 기념일이었던 걸까? 만약 그렇다면, 난 선물을 준비 못 했는데 어떡한담.

괜찮아, 엄마. 우리들은 벌써 충분히 받았으니까, 이제 아무것도 필요없어요.

다카히로가 치에와 똑같은 소리를 한다.

다카히로, 이리로 와봐. 내가 부르자 다카히로는 얼굴을 가까이 가져왔다. 매끈한 뺨, 퍼석퍼석한 입술, 햇빛과 풀냄새. 어른이 되어도 아직 아이 같기만 한 다카히로.

모두들 와주었는데 미안하지만, 너무 잠이 와서 못 견디겠어. 조금만 쉬어도 될까. 미안해. 선물을 하나도 준비 못 해서. 모두에게서 받은 것들을 전부 잃어버려서 미안해.

괜찮아요, 괜찮으니까 조금 쉬어요.

모두가 입을 모아 말해서, 나는 주위를 빙 둘러보았다. 아빠, 엄마, 언니, 친구, 남편, 아이, 손주, 그리고 사키요 씨. 창문에서 들어오는 햇살을 받으며, 모두들 생글생글 웃고 있다. 웃는 얼굴이 빛나는 것처럼 보인다. 나는 마음 깊이 안심하고, 눈을 감는다.

툭, 툭, 툭. 따뜻한 비가 얼굴을 적신다. 어라, 비가 오나 보네? 팔에도, 다리에도, 뚝뚝, 똑똑, 부드럽고 따뜻한 물 방울이 떨어진다. 그것은 조금도 불쾌하지 않고, 나를 더 욱 안심하게 해준다. 마른 땅이 비를 빨아들이듯이, 비는 구석구석까지 스며들어 나를 촉촉이 적셔준다. 아아, 기분 좋다. 비를 맞는다는 건 이렇게 기분 좋은 거였구나. 나는 그렇게 말하려고 가늘게 실눈을 뜬다. 그리고 내 전신을 적 시는 물방울이 비가 아니라는 것을 깨닫는다. 나를 둘러싼 사람 모두가 울고 있다. 눈물이 내게 내린다. 모두, 비가 오 는 것처럼, 웃으면서 울고 있다.

이름과 마찬가지로 결코 없어지지 않는, 마지막 선물을 받고 있다는 사실을 나는 알았다.

온몸의 힘을 짜내어서 나는 말한다.

고마워요.

가장 기억에 남는 선물은 무엇입니까? 며칠 전 이런 질문을 받고, 저는 바로 대답하지 못하고 생각에 잠겼습니다. 너무 진지하게 오랜 시간 고민하는 바람에 상대방은 괜한 질문을 했다고 후회하는 듯했습니다. 그냥 가볍게 대답하면 되는데……라고 생각하고 있었겠죠. 저도 고민하면서 똑같은 생각을 하고 있었으니까요. 간단하게 한마디로 대답하면 될 걸 갖고 뭘 이렇게 고민하고 있담, 하고 스스로도 조금 부끄러워졌답니다.

왜 바로 대답이 나오지 못했느냐면, 실은 그 질문을 받고 제일 먼저 머리에 떠오른 것이 처음으로 남자아이에게 받은 봉제인형이었기 때문입니다. 열여덟 살 때 크리스마스 선물로 받았던 건데, 솔직히 저는 그애를 별로 좋아하지도 않았고, 인형을 받았을 때도 이걸 어디다 쓰지, 라는 생각밖에 안 들었습니다. 원래 인형 같은 걸 좋아하지도 않을뿐더러, 얼굴이 달려 있는 걸 버리기도 왠지 꺼림칙하잖아요. 그래서 버리고 싶어도 버리지 못하고 그냥 방에 놔두었는데, 그녀석이 방에 떡하니 있으니 왠지 모르게 어색하고 거슬렸습니다. 그 남자아이에게는 정말로 미안하기 그지없는 일이지만, 그 봉제인형은 굉장히 처치 곤란한 선물이되었더랬지요.

그런데, 기억에 남는 선물이 뭐냐는 질문에 제일 먼저 떠오른 것이 바로 그 인형이었어요. 그 인형은 이미 제 손을 떠난 지 오래지만, 털의 색깔, 얼굴 생김새, 감촉, 크기까지 놀랄 정도로 생생하게 기억해낼 수 있었습니다. 하지만 질문한 상대방이 기대했던 대답은 그런 게 아니었죠. 받아서 기뻤던 기억이 남아 있는 선물이 뭐가 있었더라. 다음 순간, 어릴 적부터 지금까지 다른 사람에게서 받았던 실로 많은 선물들이 머리에 떠올랐습니다. 책, 게임기, 부엌용품,

옷, 그리고 초등학교 때 아빠가 사준 연필깎이까지. 너무 너무 갖고 싶었기에 받았을 때 만세를 부르고 싶을 정도로 기뻤던 것이 있었는가 하면, (예의 봉제인형처럼) 예상외의 선물이라 놀라면서 곤혹스러웠던 것도 있었죠.

그때 나는 이런 사실을 깨달았습니다. 선물이란 과연 뭘까. 내가 기억하고 있는 것은 형체를 지닌 물건이지만, 동시에 물건이 아닌 다른 것이기도 합니다. 그것을 내게 주었던 사람, 그 사람과의 관계. 선물 자체보다 그쪽을 더 생생하게 기억하는 것입니다. 좋아하지도 않았던 인형을 왜 제일 먼저 떠올렸느냐, 그건 그 선물이 처치 곤란이었기 때문이 아니라, 처음으로 남자아이에게 받은 선물이기 때문이었던 것입니다. 그렇다면 우리들이 받는 진짜 선물이라는 건, 물건이 아니라 다른 어떤 것이 아닐까…… 그런 생각을 하다가 결국 대답하지 못하고 말았지요.

실은 지금도 그 질문에 딱 맞는 대답을 찾지 못했습니다. 우리들이 다른 이에게서 받는 것은 곰인형이나 액세서리뿐만이 아니라 분명 말, 대접, 공기, 미소 같은 것도 포함되어 있는 것이고, 사람들과의 관계가 제각각 다르듯이 그 선물들이 어떤 형태로 기억에 남아 있는가도 제각각 다를 터인데, 그걸 한꺼번에 죽 늘어놓고 '가장' 기억에 남는 걸 고른다는 건 정말 힘든 일이잖아요.

태어나서 죽을 때까지 우리들은 과연 얼마나 많은 것들을 다른 이에게서 받을까요. 그런 생각을 하면서 이 글들을 썼습니다. 사람은 누구나 자신이 주는 것보다 누군가에게서 받는 것이 항상 더 많은 것 같습니다. 물건은 언젠가 없어지고 말지만 그것과 함께 받은 기억, 그 사람과 맺었던 관계는 결코 사라지지 않습니다. 우리들은 셀 수도 없이 많은 선물을 받으면서 성장하고, 늙어가는 게 아닐까요.

그리고 하나의 이야기를 쓸 때마다 마쓰오 다이코 씨의 그림을 기다리는 것도 즐거웠습니다. 한 장씩 도착하는, 정말로 아름답고 어딘가 의연해 보이는 마쓰오 씨의 그림은 제게 있어서 아주아주 멋진 선물이었답니다.

가쿠타 미쓰요

한 사람의 여성이 일생 동안 받는 선물들.

그것이 이 책의 테마입니다. 월간지 연재가 정해지고 나서 달마다 주인공 여성의 나이와 그가 받은 선물에 대한 테마를 받았습니다. 저는 일 년 동안 매달 어떤 테마가 도착할지 궁금해하면서 작업을 진행했습니다. 그 테마들은 제게 있어서도 소중한 선물이었고, 그런 선물을 받으면서 그림을 그린다는 건 정말 두근거리는 체험이었습니다.

처음으로 온 선물은 '이름'이었죠.

태어나서 처음으로 받는 소중한 선물. 태어났을 때의 기억은 이미 사라지고 없지만, 세상에 나와 처음으로 본 광경이 이렇게 반짝거리고 아름답다면 좋겠다고 생각하며 그림을 그렸습니다. 아기에게 이름을 지어주는 엄마 아빠의 마음도 이렇겠죠. 자신들의 아이의 눈에는 멋진 세상만 보이기를 바라는 마음으로 이름을 선물하는 게 아닐까요.

형체가 있는 것만이 선물은 아닙니다. 형체가 있는 선물도 물론 기쁘지만, 지금까지의 제 삶을 뒤돌아보면 형체가 없는 선물도 아주 많이 받았던 것 같아요.

형체가 없는 선물은 볼 수도 만질 수도 없기에 세월이 지나면서 점점 기억 저편으로 희미하게 사라져버리죠. 하지만 그런 선물이 오히려 가슴속에 가만히 스며들곤 합니다. 그러다가 어떠한 계기로 인해, 기억의 우물 바닥에서 둥실 떠올라, '앗' 하고 생각이 나곤 하죠.

일 년 동안 선물이라는 테마로 그림을 그린 체험은 제가 과거의 인생 속에서 받아온 여러 가지 선물들을 떠올리게 하는 과정이기도 했습니다. 생각해보니 정말 여러 가지 선물들을 받아왔어요.

그중에는 귀찮거나, 독선적이거나, 혹은 상황에 어울리지 않는 선물도 있었습니다. 그런 때는 기쁜 마음은 조금도 들지 않고 '왜 이런 걸 주는 거지?' 하고 생각했지요. 하지만 그때 그 사람의 호의를 한참 지나서야 겨우 알게 될 때도 있었습니다. 그때 좀더 기쁜 얼굴로 받아줄걸…… 하는 후회도 들고요.

반대로, 선물을 준 사람은 정말 사소한 호의에 지나지 않았을지도 모르지만, 저에게 있어서는 아주 멋진 선물이었던 경험도 몇 번 있었습니다. 그 선물이 계기가 되어 인생이 열리고, 새로운 길로 한 발짝 내디딜 수 있었던 적도 있었지요.

그렇게 생각하다보면, 지금의 저는 여러 사람에게서 받은 선물로 이루어져 있는지도 모른다는 생각이 듭니다.

이 기획에서는 하나의 테마 아래서 두 사람이 각자의 이미지로 각자의 작품을 그려갔습니다. 때문에 테마에 따라서는 문장과 그림이 아주 어긋나버리는 것도 있었고, 혹은 우연히 딱 맞게 일치하는 것도 있습니다. 그러니까 책을 보시다가 '이 그림은 내용이랑 안 맞잖아!' 하고 화내진 말아주세요. 같은 선물이라도 그것을 받는 마음은 사람에 따라 다르니까요. 가쿠다 씨는 가쿠다 씨의 마음으로, 저는 제

마음으로 선물을 받는 거니까. 그리고 그 마음은 때로는 서로 교차되기도 하고, 때로는 멀리서 바라보기만 하기도 하니까요.

그러니까 어렵게 생각하지 마시고, 가쿠타 씨의 따뜻한 눈길이 느껴지는 문장과 함께 즐겨주셨으면 합니다.

마지막 테마를 그리고 나서, 선물이라는 것에 대해 다시 한번 생각해보았습니다.

그리고 이 책이, 다양한 생활을 보내고 있는 다양한 세대의 많은 사람들이 받는 선물이 되었으면 좋겠다고 생각하면서, 책 커버를 포장지 같은 느낌으로 만들어보았습니다.

이 책은, 가쿠타 씨와 제가 여러분에게 드리는 선물이니까요.

마쓰오 다이코

옮긴이 **양수현**

1982년 출생. 동아대학교 일문과를 졸업하고 일본 효고현립대학에서 수학했다. 현재 출판 편집자로 일하고 있다.

문학동네 세계문학
Presents

| 초판인쇄 | 2006년 11월 13일 |
| 초판발행 | 2006년 11월 27일 |

지 은 이	가쿠타 미쓰요
그 린 이	마쓰오 다이코
옮 긴 이	양수현
펴 낸 이	강병선
책임편집	조연주 이상술
펴 낸 곳	(주)문학동네
출판등록	1993년 10월 22일 제406-2003-000045호

주 소	413-756 경기도 파주시 교하읍 문발리 파주출판도시 513-8
전자우편	editor@munhak.com
전화번호	031) 955-8888
팩 스	031) 955-8855

ISBN 89-546-0242-8 03830

www.munhak.com